文春文庫

冬《ふゆ》桜《ざくら》ノ雀《すずめ》

居眠り磐音（二十九）決定版

佐伯泰英

文藝春秋

目次

「居眠り磐音」

主な登場人物

佐々木磐音《ささきいわね》
元豊後関前藩士の浪人。直心影流の達人。旧姓は坂崎。師である佐々木玲圓の養子となり、江戸・神保小路の尚武館佐々木道場の後継となった。

おこん
磐音の妻。磐音が暮らした長屋の大家・金兵衛の娘。今津屋の奥向き女中だった。

今津屋吉右衛門《いまづやきちえもん》
両国西広小路の両替商の主人。お佐紀《さき》と再婚、一太郎が生まれた。

由蔵《よしぞう》
今津屋の老分番頭。

佐々木玲圓《ささきれいえん》
直心影流の剣術道場・尚武館佐々木道場を構える。内儀はおえい。

速水左近《はやみさこん》
将軍近侍の御側御用取次。佐々木玲圓の剣友。おこんの養父。

依田鐘四郎《よだかねしろう》
佐々木道場の元師範。西の丸御近習衆。

松平辰平《まつだいらたつぺい》
重富利次郎《しげとみとしじろう》
霧子《きりこ》
品川柳次郎《しながわりゆうじろう》
竹村武左衛門《たけむらぶざえもん》
弥助《やすけ》
笹塚孫一《ささづかまごいち》
木下一郎太《きのしたいちろうた》
徳川家基《とくがわいえもと》
小林奈緒《こばやしなお》
坂崎正睦《さかざきまさよし》

佐々木道場の住み込み門弟。父は旗本・松平喜内《きない》。廻国武者修行中。

佐々木道場の住み込み門弟。土佐高知藩山内家の家臣。

雑賀衆の女忍び。佐々木道場に身を寄せる。

北割下水の拝領屋敷に住む貧乏御家人。母は幾代《いくよ》。

南割下水吉岡町の長屋に住む浪人。早苗など四人の子がいる。

「越中富山の薬売り」と称する密偵。

南町奉行所の年番方与力。

南町奉行所の定廻り同心。

将軍家の世嗣。西の丸の主。

磐音の幼馴染みで許婚《いいなずけ》だった。小林家廃絶後、江戸・吉原で花魁《おいらん》・白鶴《はっかく》となる。前田屋内蔵助に落籍され、山形へと旅立った。

磐音の実父。豊後関前藩の藩主福坂実高《ふくさかさねたか》のもと、国家老を務める。

『居眠り磐音』江戸地図

新吉原
叡山 寛永寺
山谷堀
待乳山聖天社
向島
上野
下谷車坂町
浅草
浅草寺
聖天町
今戸橋
竹屋ノ渡し
花川戸町
新寺町通り
下谷広小路
新堀川
吾妻橋
業平橋
品川家
小梅村
十間川
首尾の松
北割下水
今津屋
本所
天神橋
石原橋
法恩寺橋
新シ橋
柳原土手
浅草御門
南割下水
両国橋
横川
入江町
金的銀的
長崎屋
薬研堀
竪川
松井橋
鰻処宮戸川
世小路
若狭屋
大川
六間堀
猿子橋
河岸
新大橋
小名木川
日本橋川
本橋
鎧ノ渡し
万年橋
深川
霊巌寺
金兵衛長屋
亀島橋
霊岸島
八丁堀
永代橋
仙台堀
永代寺
鉄砲洲
富岡八幡宮
越中島
堺橋
佃島

護国寺
面影橋
小石川
伝通院
中山道
日光御成街道
本郷
石切橋
牛込
豊後関前藩
上屋敷
神田川
水道橋
牛込御門
尚武館佐々木道場
駒井小路
表猿楽町
駿河台
昌平橋
田安御門
市谷八幡宮
神保小路
九段坂
俎橋
雉子橋
内藤新宿
四谷大木戸
市谷御門
一橋御門
千鳥ヶ淵
善国寺谷通
麹町
江戸城
竜閑橋
四谷
四谷御門
大手御門
本丸
半蔵御門
西の丸
一石橋
道灌堀
平川天満宮
和田倉御門
馬場先御門
鍛冶橋御門
南町奉行所
比丘尼橋
溜池
清小谷
数寄屋橋御門
三十間堀川
木挽橋
氷川明神
原宿
愛宕権現
木挽町
長谷寺
増上寺
芝
宝泉寺
麻布村
麻布広尾町

冬桜ノ雀

居眠り磐音（二十九）決定版

第一章 鼠志野の茶碗

一

磐音《いわね》はおこん、霧子《きりこ》、早苗《さなえ》を伴い、千鳥《ちどり》ヶ淵《ふち》一番町に冬桜を見物に行った。その冬桜のことを教えてくれたのは大工の棟梁《とうりょう》の銀五郎《ぎんごろう》だ。

「この時節、葉を落とした木や枯れ芒《すすき》ばかりで寂しゅうございましょ。春を待つ間の侘《わび》の季節と申せば、得心もいたしますがね、やっぱりわっしは色が欲しいや。いえね、色といってもこの歳《とし》だ、女子衆《おなごし》の話ではございません」

「あら、棟梁はまだ男盛りよ」

「おこんさん、これでも若い時分には、あちらこちらに馴染《なじ》みの女がおりましたよ。だが、今わっしがおこんさんに申し上げてるのは、季節の花のことですよ」

おこんに銀五郎が話しかけたのは昼前の刻限で、道場ではまだ朝稽古《あさげいこ》が続いていた。尚武館《しょうぶかん》の庭の手入れにやってきた親方に声をかけ、離れ屋の縁側で茶を供したとき、珍しくも冗談交じりに話し始めたのだ。

「棟梁、風流な話なの、それとも昔の自慢話」

「本日の話は一番町の寒緋桜《かんひざくら》の話にございますよ」

と銀五郎がきっぱり言い切った。

「武家屋敷の塀越しにひと枝、通りに突き出した冬桜がなんとも見事でしてね。春桜の艶《あで》やかさもいいが、冬桜の楚々《そそ》とした風情《ふぜい》が、お披露目《ひろめ》を終えたばかりの新造女郎のようでさ、全身から恥じらいが漂って初々しゅうございますのさ」

「その口ぶりだと、棟梁には冬桜の風情に似たお馴染みさんがおられたようね」

「元文《げんぶん》年間（一七三六〜四一）の頃だから、四十年も前の話でさ。上州鬼石村《じょうしゅうおにし》から吉原に売られてきた女郎に惚《ほ》れ込んだことがございました。その娘から、上州には冬に咲く桜があると聞いたことがありましてね」

銀五郎の話は、若い頃の自慢話か、一番町の冬桜が見事な話か、曖昧《あいまい》なまま終わった。そこで昼餉《ひるげ》の後、磐音に、

「千鳥ヶ淵に冬桜を見物に参りませんか」

と誘ってみると、

「千鳥ヶ淵に冬桜が咲いているのか」

と乗り気になった。磐音は養母のおえいを誘ったが、

「このように晴れ渡った日は意外に底冷えがするものです。年寄りにはちと応《こた》えましょう。そなたら二人で見物に行きなされ」

と遠慮した。そこで霧子と早苗を誘い、神保小路《じんぼうこうじ》から俎《まないた》橋に出て、九段坂を登り、田安御門の前を通って千鳥ヶ淵に出たところだ。

右手は火《ひ》除地《よけち》で、西南の風が巻くように吹いてきた。

「養母《はは》上《うえ》をお連れせずによかったな。この節の西南の風はやはり応えよう」

だが、風は始終吹いているわけではなかった。気紛れに千鳥ヶ淵に向かって吹き付け、ぱたりとやんだ。

堀の対岸は御三卿《ごさんきょう》田安中納言家の屋敷で、その土手につやつやとした赤い実を昼下がりの光に輝かせているのは藪柑子《やぶこうじ》か。

「霧子、重富利次《しげとみとしじ》郎《ろう》どのから文は届かぬか」

磐音の不意の問いに、霧子の頬《ほお》が赤く染まったように見えた。

「若先生、私のところに文などくるはずもございません」

霧子の口調は怒っているように聞こえた。

「霧子さん、ご免なさい。あなたが利次郎さんの旅立ちの前に道中安全のお札を渡したことを、磐音様に申し上げたの。それで尋ねられたのよ」

おこんが亭主のいささか唐突な問いに言い添えた。

「いえ、私、そんなこと気にしていません」

霧子も慌《あわ》てて答えていた。

「うちにも届かぬでな、もしや霧子にはと思うただけじゃ。おそらく初めての父御との道中に緊張して、文を書く暇《いとま》もとれぬとみえる」

「あるいは道中を楽しんでおられるのかもしれませんよ」

磐音の言葉におこんが答えた。

重富利次郎が父の供で国許《くにもと》の土佐城下に旅立っておよそ二十日が過ぎようとしていた。

「若先生、利次郎様方は今頃どちらを旅しておられましょうか」

霧子はやはり利次郎のことが気にかかるのか尋ねた。

「品川から大津まで川止めがなければ、旅慣れたお方ならば十二、三泊か。だが、利次郎どの一行が出立《しゅったつ》なされて数日後に天気が崩れたゆえ、大井川で二、三日あまり足止めを食うておられよう。となると、東海道を上るのに十四、五日か。京に二日滞在なされて、伏見より三十石船で淀《よど》川を下り、ちょうど摂津《せっつ》に到着した頃合いかな」

霧子が磐音の言葉を脳裏に思い描くかのような表情を見せた。その顔が、磐音とおこんにはなんとも初々しく見えた。

銀五郎が千鳥ヶ淵の一番町の冬桜と言ったのは、高家瀬良播磨守定満《こうけせらはりまのかみさだみつ》の屋敷の冬桜であった。築地塀《ついじべい》の上にこんもりとした冬桜が咲き誇り、そのひと枝を、往来の人を魅惑するかのように通りへと差しかけていた。

冬桜は、寒桜、寒緋桜とも呼ばれ、初冬から咲く桜のことだ。すでにその存在は江戸後期から知られ、『華実年浪草《かじつとしなみぐさ》』という書物にも、

〈小樹也。花葉は彼岸桜に似て、その枝垂れず。冬月に花開く。単葉。盆に植え、几案《きあん》の傍らに賞す〉

とある。

銀五郎が、

「楚々とした風情で初々しい」

と評した冬桜は、白梅にも似て凜《りん》とした佇《たたず》まいを見せていた。

冬枯れの時節、数羽の雀が頻《しき》りに花から花へと飛び渡り、花びらをつついている。

「かようなところにかような桜が咲いておったとは気が付かなんだな」

霧子も早苗も、塀越しに差しかける ひと枝の冬桜に目を奪われている。

「おこん、やはり養母上をお誘いするのであったかな」

風が千鳥ヶ淵から吹き上げて冬桜の花びらがはらはらと舞い散り、雀が飛び立った。それが雪に戯れる風情で、磐音もおこんも言葉もなく見惚《みと》れていた。

「風のない日にお連れいたしましょうか」

「そういたそうか」

と磐音とおこんが話し合っているところに、半蔵御門の方角から乗り物がやってきて、磐音らが冬桜を見物する屋敷の前で止まった。

どうやら当家の主《あるじ》が御城下がりでもしてきたか、そんな供の風情であった。すると御堀端の土手から二人の武士が突然姿を見せて、乗り物の前に土下座をした。

「瀬良様へ申し上げる。われら、御家人神沼憲兼《かみぬまのりかね》が家臣古賀継之助《こがつぐのすけ》、二田道安《ふただみちやす》にござる。過日、神沼家より瀬良様に御貸し申し上げた千宗易様ゆかりの鼠志野《ねずみしの》の茶碗霞紅葉《ちゃわんかすみもみじ》、ご返却賜《たまわ》りたく不躾《ぶしつけ》ながら門前にてお願い奉る」

千宗易とは茶人千利休のことだ。

「控えい」

と用人風の白髪の老人が二人の前に立つと、

「過日より申し上げておるように、瀬良家ではお借りした茶碗、お礼の品とともに神沼家にご返却いたしておる。何度嘆願に来られても、当家の返答は同じ。お返ししたものを再び返却するわけには参らぬ。そなたら、度々門前を騒がすは、瀬良家に対しての嫌がらせか、それとも強請《ゆすり》たかりに参られたか」

と言い放った。

「瀬良様、われらは御家人、高家とは身分違いゆえにいたぶりなさるか。お貸しいたす折り、神沼家に伝来する家宝ゆえくれぐれもご返却くださるよう願うており申す。なんぞ曰《いわ》くがあってかように長引いたか、その理由は問い申さぬ。ご返却願い奉る」

「乗り物を中へ」

と言う声がして陸尺《ろくしやく》が動き出そうとした。

「瀬良定満、最初から騙《かた》る気であったか」

「人聞きの悪い。早々に立ち去れ」

乗り物が門内に消えようとするのを古賀、二田の二士が、

「もはや、堪忍袋の緒が切れ申した」

と叫ぶと立ち上がり、抜刀した。

「わあっ」

と最前の老用人が叫び、門内に飛び込んでいった。

二人は立ち止まった乗り物に殺到した。が、瀬良家の家来のだれ一人として、古賀らの前に立ち塞《ふさ》がって主を守ろうとする者はいなかった。

「お命貰《もら》い受けた」

古賀継之助が腰を屈《かが》めて切っ先を乗り物の扉に突き立てようとした。

磐音が走り寄り、腰帯に差していた白扇《はくせん》で刀の峰をぴたりと押さえた。

「最前からおよその経緯《いきさつ》は耳に入った。なれど物の貸し借りの行き違いで刃傷《にんじょう》におよぶは、武士にもあるまじき行為にござる。この場は一旦《いったん》お引きなされて、然《しか》るべき処置を御目付《おめつけ》に願いなされ」

と磐音が言った。

「すでに掛け合いは幾度となく為《な》し申した。神沼家にとり大事な茶碗、高家身分を盾に騙り取られたとあっては、神沼家家臣として先祖の霊に申し訳立たず。瀬

良様を殺害の上、われらも門前にて腹搔《か》っ捌《さば》いて死する所存にござる。どうか、お見逃しくだされ」

「古賀どの、この場を知らずば見逃しもしよう。それがしの眼前にて刃傷が行われること見逃すわけには参らぬ。どうか刀を納めてこの場をお引きくだされ。瀬良様も事情が事情ゆえ訴えはなさるまい」

古賀が磐音の顔を見上げた。

「そなた様は」

「神保小路の直心影《じきしんかげ》流尚武館道場の佐々木《ささき》磐音と申す」

「ああ」

古賀が絶望の声を洩《も》らした。

「お引きなされ」

古賀の顔に迷いが走り、

「ご免つかまつる」

と声を残した古賀と二田がその場から走り去った。

「失礼つかまつった」

乗り物に声をかけた磐音がおこんらの許《もと》に戻ろうとすると、

「佐々木どの、勘違いめさるな」

と声がかけられた。

「勘違いとはなんのことでござろうか」

「当家ではすでに茶碗返却と申した」

「それで」

「そなたの口ぶりじゃと、当家が茶碗を未だ保持しているかのように聞こえ申した」

「瀬良様、そのようなこと佐々木磐音、考えてはおりませぬ」

「御城近くの武家地の神保小路に、直参《じきさん》旗本でもなき者が道場の看板を掲げておると聞く。当家は高家の家柄、口出し無用に願おう」

乗り物が門内に消え、両開きの長屋門の表戸がぎいっと音を響かせて閉められた。

磐音は塀の中から通りに差しかけられた冬桜を見上げた。最前まで可憐《かれん》に思えた花がなにやら色褪《いろあ》せて見えた。

「そなたに罪はない」

と話しかけた磐音は、

「参ろうか」

とおこんらに告げた。

御城に近い九段坂界隈《かいわい》には江戸の始めより武家地の狭間《はざま》に町屋が形成され、中期には急な坂が九段の段々に造られたことから、九段坂と呼ばれるようになった。

この坂上は月見の名所で、ちょうど坂下が東の方角にあたった。

九段坂の下方、北側に元飯田町が広がっていた。

「磐音様、堀留《ほりどめ》付近に、ひっそりとした隠れ家のような甘味屋があるそうです。私は未だ名物の南蛮《なんばん》渡来の菓子を食したことがありませんが、参りませんか」

とおこんが言い出したのは、瀬良定満の非礼な態度に気分を害したからだろう。

「南蛮の菓子か。気分を変えるのによかろう」

と磐音もすぐに賛成した。

渋い茅葺《かやぶ》きの門を潜《くぐ》ると幅一間ほどの石畳が奥に向かい、敷地、七、八十坪か、しっとりとした苔《こけ》の庭が広がっていた。その庭の中に数寄屋《すきや》風の建物があり、石が敷かれた前庭に縁台が並べられていた。そこで数組の女客が茶を喫し、名物の揚げ饅頭《まんじゆう》のようなものを食していた。

甘味屋の小肥前屋《こひぜんや》だ。

注文をとりに来た女におこんが尋ねた。

「こちらの名物は揚げ饅頭と聞いてきましたが、ございますか」

「うちではひりょうず、と呼んでおります」

「あら、ひりょうずとは、がんもどきのことかと思っていました」

「いかにもひりょうずは、水気を絞った豆腐に牛蒡《ごぼう》、木耳《きくらげ》、麻の実などを入れて油で揚げた食べ物で、江戸には元禄《げんろく》の頃（一六八八〜一七〇四）、上方から伝わったそうです。元々は葡萄牙《ポルトガル》のヒルオス（フィリョース）が名の由来とかで、麦粉を湯で練り、卵を入れてすり鉢で練り合わせ、油で揚げて砂糖液に浸した甘味菓子でございます」

「知らなかったわ」

とおこんが無知を恥じるように顔を赤らめた。

「うちでは米粉を用い、中に餡《あん》を入れて、ごま油で揚げております」

飛龍頭とも称される菜が、葡萄牙渡来の菓子であることを告げた女は、

「うちの先祖は、阿蘭陀商館長《カピタン》一行が参府の折りの宿房長崎屋に奉公しておりまして、今から六十年も前に料理人から習った作り方に、うちの工夫を加えた甘味がひりょうずにございます」

と説明した。

女はおこんと同じくらいの歳の頃か。

「ご先祖は長崎屋の奉公人でござったか」

磐音もおこんも、阿蘭陀商館長の一行といささかの縁を持ち、長崎屋とも縁があった。二人は期せずして長崎屋の佇《たたず》まいを思い出していた。

「女将《おかみ》様、それを四つとお茶を頂戴《ちょうだい》いたします」

「ありがとうございます、おこん様」

「あら」

おこんが驚きの声を上げた。

「尚武館の若先生とご一緒にお越しいただき、光栄に存じます。私、この店の四代目のりつと申します」

若い女将のおりつが、磐音とおこんらに如才《じょさい》なく愛想を言いながら名乗り、数寄屋風の店に下がった。

「元飯田町の裏地にこのような風流な甘味屋さんがあるなんて、江戸の方々もそう知ってはいないでしょうね」

苔の庭に冬の穏やかな光が散って、九段下にあるせいか風も吹き込まなかった。

「銀五郎棟梁が教えてくれた冬桜は、あの界隈では瀬良桜とも呼ばれている老樹とか。冬桜はよいものでしたが、なんともはや」

「おこん、嫌なことは忘れるとしよう」

「ひりょうずを食したら忘れられるでしょうか」

「はて」

と首を傾《かし》げる磐音に霧子が、

「若先生、先ほどの神沼家の奉公人の様子、調べてみましょうか」

と言い出した。

瀬良の物言いから察して、門前で刀を抜いた古賀と二田に対し、どのような意趣返しをせぬとも限らぬと霧子は考えたようだ。

瀬良家は高家の家柄、片方は御目見《おめみえ》以下の御家人と、家格が違うことも磐音は気になっていた。

「一刻を急ぐことではあるまいが、身辺に気を配ってくれ」

むろん霧子が一人で動くとは思わなかった。霧子が師匠と呼ぶ密偵の弥助《やすけ》と相談して知恵を借りることを、磐音は承知していた。

おりつと小女《こおんな》が盆に茶とひりょうずを運んできた。

こんがりとごま油で揚げられた名物のひりょうずは、それぞれ小皿に二つ並んでいて、上から砂糖が雪のようにふりかけられていた。

「山に初雪が降った風情だわ」

「これは美味《おい》しそうな。頂戴いたす」

磐音が早速口に入れ、

「おお、これは美味じゃぞ、おこん」

と満面に笑みを浮かべた。

「ようございました」

女三人も続いて食し、にっこりと笑い合った。

「美味しいものを食べると気が晴れます」

「全くじゃな」

磐音とおこんの会話を聞いたおりつが、

「おこん様、なにか嫌なことがございましたか」

「千鳥ヶ淵に冬桜を見物に行ったのですが、その家の主どのの言動にいささか嫌な思いをしながら九段坂を下ってきたところにございます。こちらのひりょうずを口にしたら、すうっと胸のつかえが取れました」

思わず愚痴《ぐち》を言ったおこんが、いつもの明るい笑顔で答えた。

「千鳥ヶ淵の冬桜といえば、一番町のお屋敷から御堀に向かって枝を差し伸ばしている寒緋桜にございますね」

女将も冬桜を承知か、そう答えた。

「花にはなんの罪科《つみとが》もございません。清々《すがすが》しく心洗われる咲きっぷりにございました」

「されど主どのの根性がいささかねじ曲がっておりましょう。九段上では、昔本所の吉良上野《きらこうずけ》、今一番町の瀬良播磨、犬も嫌うて寄りもせず、などと、出入りの商人《あきんど》も口さがなく噂《うわさ》しております」

とおりつが小声で囁《ささや》いた。

「昔本所の吉良上野、今一番町の瀬良播磨か。吉良様はご領地では善政を布《し》かれたお殿様と聞いており申す。不運なことに、判官贔屓《ほうがんびいき》の世に喧伝《けんでん》され悪口《あっこう》が広まってしもうた。切腹なされた浅野内匠頭《たくみのかみ》様に同情して、いささか大仰《おおぎょう》な悪評が定まったものらしい」

「若先生、おこん様、こちらの今瀬良播磨には近寄らぬがよろしゅうございますよ」

とおりつが小声で忠告した。

おこんが頷《うなず》くと、おえいのためにひりょうずを土産《みやげ》に願った。

磐音の脳裏には千鳥ヶ淵に向かって差しかける冬桜の景色だけが残り、瀬良家の一件はいつしかひりょうずの甘味に消えていた。

二

磐音はいつものように独り稽古《げいこ》の後、住み込み門弟らとまず早朝稽古を終え、この日は速水左近《はやみさこん》の嫡男杢之助《ちやくなんもくのすけ》、次男右近《うこん》の兄弟や、尚武館に弟子入りしたばかりの設楽小太郎《したらこたろう》ら、初心組の指導にあたった。

いつもは元師範の依田鐘四郎《よだかねしろう》が初心組を教えるのだが、西の丸へ奉公するようになってのち、御用の都合で休まざるを得ないこともあった。今朝も前々から鐘四郎の休みは知らされていたので、磐音が指導にあたった。

「小太郎どの、腕だけで竹刀《しない》を扱ってはならぬ。足腰をしっかりと固め、腕先だけでなく、腰で竹刀を振るのじゃ」

磐音は手本の竹刀の素振《すぶ》りを見せた。

「はい」

と小太郎も答えると、その場で竹刀を振ってみせた。

「だいぶようなられましたぞ」

「ご指導ありがとうございます」

初々しく答えた小太郎は、尚武館に早く溶け込もうと毎朝通ってきた。

朝稽古の最後を締め括《くく》る若手門弟の定期戦を終え、いつもの日課が四つ半(午前十一時)の頃合いに終わった。

「若先生、弥助様がおいでです」

と霧子が知らせてきたのは、稽古着姿の玲圓《れいえん》が、見所《けんぞ》から朝稽古を見物していた速水左近らを誘《いざな》って道場から姿を消した直後だった。

「参られたか」

霧子の案内で玄関に行くと、弥助が、尚武館の門下に小屋を貰って番犬を務める白山《はくさん》の頭を撫《な》でていた。

「弥助どの、なんぞ変事か」

立ち上がった弥助の顔が暗く沈んでいた。

「瀬良様の一件にございます」

磐音は、瀬良定満の他人の気持ちを逆撫でするような口調が耳に残って、あれ以来そのことを忘れようと努めていた。そのせいか、霧子を通して弥助に意が伝わっていたことを迂闊《うかつ》にも失念していた。

「新たに嫌な思いを若先生にさせてしまいます」

「なんぞござったか」

「過日、若先生に止められた神沼家の家臣古賀継之助様が自裁なされたそうです。神沼家から知らせが入りました」

磐音は思いがけない展開に返答に窮した。

「目付筋を通して、高家瀬良様から強い申し出が神沼家にあったとか。他家の門前で言いがかりをつけた末に刀を抜いて斬《き》りかかろうとした家来の罪軽からず、折りよく通りかかった尚武館の佐々木磐音どのの助勢で未遂に終わったが、その行動許すべからず、厳重なる吟味を、という再三の訴えがございまして、目付としても神沼様に問い合わせたという次第。そのような最中、昨日、神沼家に奉公を辞する書状を残された古賀継之助様が、青山原宿村の林の中で自裁なされたという知らせが、清水谷の神沼家に入り、わっしのところにも」

弥助は神沼家の小者《こもの》の一人を味方に付けて手配りしていたのだ。

「なんということが」

磐音は、もう少し古賀継之助の身辺に気を配るべきであったと悔んだ。

「わっしはこれから清水谷の屋敷を訪ねてみようと思います」

「それがしも同道いたそう」

磐音は離れ屋に戻るとおこんに手短に事情を告げ、稽古着から普段着に着替え、腰に大小を差し落とした。

門前に戻ると、弥助のかたわらには外着に着替えた霧子がいた。二人に供をする気だ。

清水谷は溜池《ためいけ》の西南の武家地の中にあり、御家人神沼家は、長門《ながと》萩《はぎ》藩毛利家の下屋敷の北側、清水谷でも奥まった一角にあった。

三人が清水谷に到着したのは昼九つ（正午）過ぎのことだ。

「若先生、わっしが様子を確かめて参ります。若先生と霧子はしばらくこちらでお待ちくだせえ」

弥助が路地の奥に姿を消した。

「こたびばかりはいささか迂闊に過ぎた。今少しそれがしが気を配れば、古賀継之助どのを死に至らしめることはなかったやもしれぬ」

磐音の後悔の言葉を霧子が聞いて、

「若先生にはなんの責任《せめ》もありません。若先生はあの場の仲裁に入られたにすぎません。その後のことを調べようと願ったのは、この私にございます」

師弟が言い合っているところに弥助が戻ってきた。

「古賀様の亡骸《なきがら》は青山原宿村の長谷寺《ちょうこくじ》にあるそうにございます。神沼家の用人らもそちらに出向いているそうな。どうなされますか」

「古賀どのの枕辺にて手を合わせたい」

磐音の言葉に、三人は清水谷から西に向かった。

伊予宇和島藩《いようわじまはん》伊達《だて》家の上屋敷と、陸奥《むつ》白河《しらかわ》藩阿部家の下屋敷の間を流れる小川沿いの道を進むと、青山原宿村に出た。すると冬枯れの景色が三人の目の前に広がった。田圃《たんぼ》の間の野良道を真西に向かうと、流れの幅一間ほどの小川にぶつかった。

毘沙門天《びしゃもんてん》の天現寺付近で渋谷川に流れ込む細流だ。

その流れを遡《さかのぼ》ると、普陀山《ふださん》長谷寺の門前に出た。流れはさらに長谷寺の裏手に向かい、その谷の湧水《ゆうすい》が水源をなしていた。

三人は長谷寺の庫裏《くり》を訪ね、弥助がそこにいた修行僧に神沼家の家臣古賀継之

助のことを尋ねた。すると修行僧が、

「ただ今、寺社方、御目付揃《そろ》うての検視の最中にございます」

「検視はどちらで行われておりますな」

修行僧が磬音の風体《ふうてい》をちらりと見て、

「神沼家の墓所前にございます」

と答えた。

曹洞《そうとう》宗長谷寺のご本尊は、大和長谷寺《やまとはせでら》の観音の写しの十一面観音だ。

竜雲寺と号していた当時、この寺は赤坂溜池付近にあったが、天正《てんしょう》十二年（一五八四）に青山原宿村に移っている。

それを機に大名山口修理亮重政《やまぐちしゆりのすけしげまさ》を檀那《だんな》として長谷寺に改め、下野大中寺《しもつけだいちゆうじ》十二代宗関を勧請して改めて開山した。

延宝《えんぽう》二年（一六七四）、寺社奉行の裁決によって山口家が離檀している。

その後、徳川吉宗の代にはしばしば狩りの際の休息所として利用され、徳川家との結び付きを深くしていた。

一万八千余坪の広大な敷地である。そこへ塔頭《たっちゆう》慈眼院をはじめとして、本堂、仏殿、庫裏、宿房、鐘楼堂などが、鬱蒼《うつそう》たる林の間に点在していた。

磐音らが山門から庫裏を訪ねる道中、参道の左手に墓地を見ていた。そちらに向かおうとすると修行僧が、

「表から行かれるより、庫裏の裏手を回り、坂道を湧水池に向かって下られるほうが風情がございますし、近うございます」

弥助が礼を述べて、磐音と霧子を庫裏の裏手に誘った。

長谷寺の境内《けいだい》は起伏豊かで、本堂や庫裏は平地に建っていたが、裏庭は渋谷川に流れ込む支流の水源に向かって大きく落ち込み、その窪《くぼ》地が湧水池をなしていた。

冬の陽《ひ》射《ざ》しが木立を通してちらちらと射《さ》し込む中、水の流れる音が谷地《やち》に響いていた。

「門前は何度も通りましたが、境内に足を踏み入れたのは初めてです。なんとも広いものですな」

「それがしも初めてじゃ」

弥助が感心したほど寺領は西に向かって深く、谷も急な坂道で湧水池へと下っていた。

ようやく木の葉隠れに、光を反射した湧水池が見えた。渋谷川、新堀川と名を

変えつつ、最後には江戸の海に注ぐ流れの水源は瓢簞《ひょうたん》のかたちをした池で、長谷寺と河内丹南《かわちたんなん》藩一万石高木家の下屋敷に囲まれるようにひっそりとあった。

三人は一旦池の縁に下りた。

暗く陰鬱《いんうつ》で、魔物でも棲《す》んでいるかのような佇まいだ。救いは、樹林を透かして射し込む冬の光だった。

弥助の視線が高木家の屋敷のある高台に向けられ、その視線の先で黒羽織がちらちらと動いていた。

不意に弥助の足が止まった。霧子も身構えるように動きを止めたが、

「弥助どの、まずは神沼家の墓所に参ろうか」

と磐音が言いかけるのへ、弥助は、三人の行動を林の一角から見張る目に気付かないふうを装い、今度は斜面に付けられた坂道を登り始めた。

長谷寺の水源地の林に、御目付ら一行とは異なる人の気配があった。だが、磐音は無視するように弥助に命じた。

御家人神沼家の墓所は長谷寺の西側、高木家の下屋敷の塀に接した辺りにぽつんと一基離れてあった。墓石は苔むした自然石で、

「茶家神沼家」

と刻まれていた。

そして、その墓石の前では、古賀継之助の亡骸が戸板に乗せられようとしていた。筵《むしろ》の用意がないのか、剝《む》き出しの亡骸の首筋、腹の二か所に自裁した傷痕《きずあと》が見えて、血が染み出していた。

傷は深く、古賀の覚悟のほどが窺《うかが》えた。

黒羽織の一人が、突然湧水池から姿を見せた磐音らに視線を向けて、

「そこもとらは」

と誰何《すいか》した。

「ご苦労に存じます。このお方は、直心影流尚武館道場の佐々木磐音様にございます」

と弥助が丁寧《ていねい》に、徒目付《かちめつけ》と思われる黒羽織に答えた。

磐音は寺社役同心が墓前から離れたところに立っているのを見た。長谷寺寺内での自裁だ、当然管轄としては寺社方だ。だが、神沼家は御家人、そこで御目付との共同の検視となったようだが、その主導は御目付支配下の徒目付の手で行われていた。

「神保小路の佐々木どのが、なぜまたかような地まで出張《でば》られたな」

徒目付が訝《いぶか》しげに問うた。

「古賀どのとはいささか縁がござってな、自裁なされたとの知らせを受けて駆け付けた次第にござる」

磐音の答えに、戸板のかたわらにいた初老の武士が、

「佐々木様」

と呟《つぶや》いた。

神沼家の用人であろうか、そのような風体の年寄りの顔には疲労の痕があった。

「徒目付どのと心得る。古賀どのの亡骸に合掌することを許されたい」

「佐々木どの、どうぞご随意に」

身許《みもと》が判明したせいか、徒目付が許しを与えた。

磐音は古賀の亡骸の前に両膝《りょうひざ》を突き、手を合わせた。弥助も霧子も、磐音と同じく合掌した。

「御用を引き止め申した」

磐音が詫《わ》びると、徒目付が小人目付《こびとめつけ》や小者らに戸板の亡骸を運ぶよう顎《あご》で命じた。

早々に寺社役同心が現場を去った。それから遅れて古賀を乗せた戸板が行き、

そのかたわらに神沼家の用人風の年寄りが従い、弥助、霧子の順で高木家の塀に沿って長谷寺の本堂へと向かった。

列の最後の徒目付と磐音が肩を並べて歩くことになったのは、徒目付が磐音に関心を抱いたせいだ。

「それがし、伊佐村八兵衛《いさむらはちべえ》と申す」

旗本御家人を監察糾弾する御目付は、旗本を御目付が、御目見以下を徒目付、小人目付が支配担当した。

神沼家は御目見以下の御家人ゆえ、徒目付が事にあたった。

「佐々木どの、お尋ねしてよろしいか」

「なんなりと」

「神沼家の家臣古賀継之助とは、どのような付き合いにござったのか」

「一度だけお目にかかった縁にござる」

「ほう、一度だけとな。その佐々木どのが、古賀の自裁の知らせを聞いて青山原宿村まで駆け付けてこられたには理由がござろうな」

「なくもござらぬ」

磐音は高家瀬良家門前での出会いを語った。だが、古賀らが抜刀して瀬良定満に迫ったとは伝えなかった。

「騒ぎの場に立ち会われたか」

「それがし、女連れで瀬良家の冬桜を見物に参ったところにござった」

「冬桜の見物とはまた風流な」

と答えた伊佐村が、

「では瀬良家、神沼家の諍《いさか》いの仔細《しさい》は承知じゃな」

「お二方のやり取りを聞きましたゆえ、その程度には」

「佐々木どのは、通りすがりに諍いを仲裁なされただけのお方にござるな」

「いかにも」

「そのお方が、またなぜ古賀の切腹の場にかくも検視に参られたか」

伊佐村の問いは手厳しかった。

うーむ、と言葉を途絶させ、改めて考えを纏《まと》めようとした磐音だったが、

「検視というほど大層なものではござらぬ。ただ、あの諍いの場の問答が気になり申した。もう少し仲裁のやりよう次第では、古賀どのの死は避けられたのではないかと、余計なことを考えたのでござる」

伊佐村がこくりと頷いた。

「忌憚《きたん》なく申せば、瀬良様は下の者には厳しく、上つ方には臆面《おくめん》もなく媚《こ》びへつらう人物にござれば、およそ瀬良家門前の問答も推量でき申す」

と伊佐村が答え、

「佐々木どのの心遣いに対して、それがし独り言を申すゆえそのおつもりで」

と念を押した伊佐村が、

「騒ぎのあと、われらの役所に高家瀬良様より再三の訴えがござってな。御家人神沼家より言いがかりを付けられ、刃傷に及ぶ危害を加えられたというものでござった。瀬良家に赴き、事情を聴取いたすと、門前の諍いはどうやら事実。それがし、上役に相談の上、この一件、担当いたすこととなった」

と事情を告げ、

「古賀継之助を役所に呼び出し、経緯を糾弾し申した。その際、茶碗の貸借を巡る諍いが紛争の原因と知り申した。次いで、神沼家用人戸塚甚兵衛《とつかじんべえ》どの、古賀より再度事情《わけ》を聞き、両者を一旦屋敷に戻した。瀬良家からも改めてその経緯を問い質《ただ》すためであった。そのわれらの決定に手ぬかりがあったか、かような仕儀に至り申した」

と伊佐村の言葉にも後悔があった。

「伊佐村様、志野茶碗の貸借は事実あったのでござろうな」

ふううっ、と伊佐村が一つ溜息《ためいき》をついた。

「ござった」

「ならば茶碗は瀬良様から神沼家に返却されたか、はたまた返却されぬのか、この儀いかがにござるな」

伊佐村はしばし沈黙を守った。

「茶碗一つで腹を掻っ捌くなど、百俵五人扶持《ぶち》の徒目付のそれがしには理解がつかぬことにござる。ところが件《くだん》の鼠志野の茶碗、千利休様所縁《ゆかり》の茶道具にて、桃山の御世には国一つの値がついたものとか」

「お待ちくだされ。神沼家はそれほど内所の豊かな家系にござるか」

「この二代ほどは無役、家禄は百五十俵扶持。それがしの収入に毛が生えた程度の暮らしぶりにござる」

「ほう」

「ところが、先祖が御納戸《おなんど》衆茶道具方を務められ、茶道具には詳しいお方でな。京に上った折り、古道具屋でこの鼠志野を見つけられ、値安く手に入れられたとか。そのことを神沼家では長年秘密にしてこられたのです。それをどこでどう瀬良様が知られたか、当代の神沼憲兼様に、京から江戸入りなさる公家衆の接待に用いたい、上様も承知の話と、強引に借り出したのは確かなこと。ふた月前のことであったそうな。ところが、朝廷のご使者は江戸を離れられたが、瀬良家から鼠志野のご返却はない。そこで神沼家から用人戸塚甚兵衛と古賀継之助が掛け合いに参ったが、瀬良家の返答はすでに神沼家に返却したの一点張りにござってな、佐々木どのが目撃なされた門前の騒ぎになったようなのです」

二人はすでに長谷寺の本堂の横手に出ていた。

「事情はよう分かりました」

「なに、それがしの独り言にござる」

「畏《かしこ》まって承《うけたまわ》り申した。伊佐村様の独り言に乗ずるようですが、伊佐村様は瀬良家が鼠志野を神沼家に返却したとお考えですか」

「瀬良定満様は、巷《ちまた》に強欲と噂される人物。なんでも過日、冬桜を愛《め》でる茶会を屋敷でなされたようだが、その席に鼠志野と思える茶碗が使われていたとの証言もござってな」

遠回しながら、瀬良が神沼家より名器の鼠志野を騙り取ったのではないかと答えていた。

本堂に安置された古賀継之助の亡骸に、長谷寺の住職一念禅師が読経《どきよう》を手向《たむ》け、霊安らかならんことを願った。

徒目付伊佐村ら一行はすでに寺を後にしていたが、磐音らはしばらく古賀の亡骸に付き添うことにした。

古賀の亡骸は一旦清水谷の神沼家に運ばれるとか、磐音は戸塚用人に別れの挨《あい》拶《さつ》をした。そのとき、戸塚も、

「古賀らから、佐々木様が仲裁なされたこと、聞き及んでおります。その節は真《まこと》にかたじけのうござった」

「それがし、要《い》らざる節介をしたのではないかと、悔いておるところにござる」

「それはございませぬ。佐々木様の仲裁がなければ、古賀は瀬良様に斬り付けたに違いありますまい。さすれば、神沼家は断絶したやもしれませぬ」

「戸塚どの、なんぞそれがしにできることあらば、神保小路を訪ねてくだされ」

「主神沼憲兼と相談の上、仲裁のお礼に参ります」

と言い残した戸塚は、古賀継之助の亡骸に従い、長谷寺の山門を後にした。

三

長谷寺の本堂前に磐音ら三人が残された。

「どうなさいますか」

と弥助が磐音に今後のことを訊いた。

「古賀どのが自裁した神沼家の墓所に、戻ってみぬか」

磐音らを見張っていた、

「目」

が気になって弥助に告げた。

「へえ」

と弥助が磐音に従う素振《そぶ》りを見せたときには、霧子の姿が何処《いずこ》かに消えていた。

師の弥助に相談もなしの行動は、霧子が一人前の密偵になった証《あかし》であろうか。

磐音と弥助が神沼家の墓前に戻ると、四人の男が墓石を動かそうとしていた。

墓近くには鍬《くわ》や鋤《すき》や布袋が置かれてあった。

一人は見覚えのある顔だった。瀬良家の老用人で、三人は金で雇われた浪人者と思えた。

「そなたら、なにをいたしておるな」

ぎょっ！

とした様子で男たちが振り返った。

「そなた、確か瀬良様のご用人どのであったな」

「違う違う。それがし、そのような者ではござらぬ」

と老人が慌てて否定した。

「その詮議《せんぎ》はあとにして、そなたら、墓を掘り返してなにをなす気かな」

老用人が困った顔で三人の浪人者を見た。すると心得たように、三人が刀の柄《つか》に手をかけ、

「邪魔立ていたすと斬る。怪我《けが》をしたくなければ早々に立ち去れ」

と脅《おど》した。どうやら磐音が何者か知らぬ様子だった。

「おめえさん方、目腐《めくさ》れ金《がね》で雇われたようだが、このお方に脅しは利《き》きませんぜ。おめえさん方こそ早々に立ち退《の》きなせえ」

「何事かあらん」

三人のうち、六尺を超える巨漢が、剣を抜いて上段に構えた。これで磐音らが

退却すると思ったのか。だが、平然とした磐音と弥助に、

「分からぬ奴《やつ》ばらめ」

と剣を振り翳《かざ》して迫ってきた。

磐音は立てられてあった鍬をひょいと摑《つか》むと、柄を先にして構えた。そこに巨漢が突っ込んできた。磐音が両手で持った鍬の柄先が迅速に、相手の鳩尾《みぞおち》を、
どん
と突いた。

「うっ」

と押し殺した声を残して、巨漢の体が後方に吹っ飛んだ。

「だから、やめておけって言ったんだ。おめえさん方、神保小路尚武館道場の若先生と分かってても刀を振り回しなさるかえ」

弥助の言葉に、

「なにっ、佐々木道場だと」

虚を衝《つ》かれたかのように驚いた顔の二人が目を見合わせ、鳩尾を突かれて尻餅《しりもち》をついた仲間に、

「相手が相手、この話はなしにいたそうぞ」

とさっさとその場から逃げ出した。

「おい、待て。おれも行く」

尻餅をついた巨漢もよろよろと仲間の後を追った。

「どうなさいますね、用人さん」

「それがし、そなたらの知る用人ではないぞ」

とそれでも言い訳をした年寄りも、浪人らの後を追うようによたよたと神沼家の墓所から逃げ出した。

「若先生、墓を暴いてなにをしようというのでしょうな」

「分からぬな」

「乗りかかった船だ。わっしと霧子で、神沼様と瀬良様の身辺を探ってみましょうか」

と弥助が言い、磐音が頷いた。

翌朝、磐音と依田鐘四郎は、朝稽古最後の名物となった若手二十六人で行う定期戦の審判を交替で務めながら、見守っていた。

ここ数年、技量は別にして、道場をなにかと賑《にぎ》わせてきた痩《や》せ軍鶏《しやも》こと松平辰《まつだいらたつ》平《ぺい》とでぶ軍鶏こと重富利次郎が、それぞれ武者修行に出たり、父の御用旅に同行して国許高知に向かったりして急に寂しくなっていた。

鐘四郎は磐音に、

「痩せ軍鶏とでぶ軍鶏、あれで尚武館の若手の牽引役《けんいん》を務めておったのですな。二人がいなくなったら、急に若手がおとなしくなり、覇気まで薄れてしもうた」

と嘆いたものだ。

一方で、停滞した雰囲気を憂えた女門弟の霧子、田丸輝信《たまるてるのぶ》、曽我慶一郎《そがけいいちろう》らが率先して声を出し、仲間の試合を盛り上げたおかげで、再び活気が戻りそうな兆候がみられた。

この朝、定期戦の組み合わせが終了した直後、定期戦の様子を最後まで見物していた倉橋伝蔵《くらはしでんぞう》と長瀬監物《ながせけんもつ》が、鐘四郎に連れられて磐音のもとにやってきた。

「若先生、明日から倉橋と長瀬が、定期戦の審判方などを手伝うてくれるそうです」

「おお、それは助かります」

磐音は、このところ定期戦を熱心に見物していた二人に礼を述べた。

二十八歳の倉橋伝蔵は直参旗本四百三十石の嫡男、ただ今無役の家系で時間に余裕があった。一方、長瀬は三河西尾《みかわにしお》藩の家臣で三十三歳と年長であった。

二人は重富利次郎の壮行試合を通して、若手組の定期戦に関心を示し、自ら手伝いを鐘四郎に申し出たのだ。

「若先生と師範のご苦労を先の壮行試合で見まして、長瀬様と話し合い、かような申し出をいたしましたが、邪魔ではございませぬか」

「倉橋どの、師範は西の丸への出仕の合間を見てのことゆえ、なかなか昔のように時間がとれぬ。二人の助勢がどれほど心強いか、気遣い痛みいる」

倉橋らは磬音に倣って、先輩の依田鐘四郎が尚武館の師範を辞したにも拘《かかわ》らず尊敬を込めて、

「師範」

と呼んでいた。

「ならばわれら、水野《みずの》どの、宮川《みやがわ》どののらにも声をかけるつもりです」

と長瀬が名を上げたのは、壮行試合で四強に勝ち残った二人だ。倉橋も四強の一角で、若手からただ一人利次郎が加わっていた。

長瀬は八強止まりに終わったが、年長ということもあり、尚武館では人望人柄ともに出色の人物だった。

「ますます心強い」

鐘四郎の声にも喜びが溢《あふ》れていた。

「師範、長瀬どのと倉橋どのが熱心に見物なされていたせいか、若手組に再び活気が戻っていませんか」

磐音の言葉に鐘四郎が大いに頷き、

「そのことです。田丸や曽我などが率先して仲間を鼓舞するせいで、動きがよくなりました」

広い道場にはもはや四人しか残っていなかった。

井戸端に一番近い道場の戸口に影が差し、霧子が立った。

「弥助様が見えております」

「霧子、離れ屋に通しておいてくれぬか」

と願って磐音は井戸端に行った。

「利次郎から文が届きませぬか」

若手の牽引役の一人、田丸輝信が声をかけて、磐音が汗を流す水を新しく汲《く》んでくれた。

「皆のほうが承知であろう。旅が楽しいのか、あれこれ忙《せわ》しいのか、文を書く暇もないようじゃ」

「霧子のもとにはどうでしょう」

「届いたら届いたと、霧子も申すであろう」

若い門弟が、たわいない話をわいわいがやがやと言い合っていた。

磬音は顔を洗ったついでに諸肌脱ぎになり、胸や背の汗を拭《ぬぐ》った。

「明日から長瀬どのと倉橋どのが定期戦を手伝うてくださるそうじゃ。皆もお礼を申し上げておくとよい」

といつまでも談笑する若手組に言い残し、離れ屋に向かった。

縁側に座した弥助はおこんから茶を供されたか、茶碗を手に、光が降りかかる白桐《しろぎり》の木を見ていた。

「おこん、それがしにも茶を貰おう」

「その前に稽古着をお脱ぎください」

「この時節でも汗臭いか」

おこんに注意された磬音は家に入り、稽古着を脱ぎ棄て、乱れ箱に用意されていた袷《あわせ》に着替えた。

稽古着を洗いに出す気か、おこんが磬音のかたわらにやってきて、自らの髪に挿していた黄楊櫛《つげぐし》で亭主の乱れた髪を素早く整えた。

「遼次郎《りようじろう》さんから関前《せきまえ》の乾物を頂戴いたしました」

「この時節、御用船が到着いたしたかな」

「なんでも、今年最後の船だそうです」

豊後《ぶんご》関前領内で産する海産物や干し椎茸《しいたけ》などを藩の物産所が集荷し、江戸や上方に雇船で輸送する制度が軌道に乗り、関前藩の財政改革に大いに貢献していた。その雇船が江戸入りしたようだった。

「遼次郎さんが、お暇の節にお話がと言っておられました」

井筒《いづつ》遼次郎は、嫡男の磐音が抜けた坂崎《さかざき》家に養子に入ることが坂崎、井筒両家の話し合いで決まっていた。つまり遼次郎はいずれ坂崎を継ぎ、磐音とおこんの義弟になる身であった。

「このところ、遼次郎どのとゆっくり話す暇もないな」

「近々、磐音様の様子を見て夕餉《ゆうげ》にお誘いしようと思います」

「そうしてくれるか」

磐音は弥助のいる縁側に戻った。

「若先生、高家の瀬良様が御家人の神沼家に目をつけた理由がなんとなく分かりました」

「ほう、曰くがあって、神沼家から鼠志野の茶碗を借りられたとな」

「へえ、神沼家はただ今は小普請《こぶしん》入りして無役に甘んじておりますが、三代前に遡れば、徒目付が言われたように御納戸衆茶道具方を拝命し、一年に一度は京に上っておられたそうで。その折り、お上の茶道具の買い付けなどに腕を振るい、その知識を利用して自らも京の茶器を購《あがな》っては江戸に運び込み、茶道の家元や茶人らに売り付けて利を得て、ために神沼家の内所は豊かだったそうです」

「茶道の知識が身を助けたか。その神沼家が無役に落ちたのは、またどうしたことでござろうか」

「妬《ねた》みにございますよ。茶道具方という職掌を利用して神沼家では金儲《かねもう》けをしているという噂が城中に流れたようで、茶道具方を外されたのでございます。それが五十年近くも前の享保《きょうほう》年間（一七一六～三六）と申します。以来、神沼家では折りにつけ、茶道具方への復職を願ってきたようですが、小普請組から役に戻ることは、ただ今のところ叶《かの》うておりません。どうやら、瀬良様では復職の助勢をなすという理由で神沼家に入り込んでいたようです」

磐音は瀬良家と神沼家の接点をおぼろに理解した。

「弥助どの、先祖が集めた茶器の一つが、あの千利休様ゆかりの鼠志野でござるな」

「へえ、わっしも茶道具となるとまるでちんぷんかんぷんにございまして、知り合いの茶人や古道具屋を訪ねて俄《にわ》か勉強をいたしました」

「ご苦労であったな」

磐音とて茶道具にはまるで暗かった。

「足利将軍家の時代に茶道が興り、最初は唐物茶器が珍重されたようですが、その時代の末期から桃山にかけてだんだんと陶芸が発達し、瀬戸《せと》、備前《びぜん》、信楽《しがらき》など昔からある六古窯《ろっこよう》に、肥前《ひぜん》の唐津など朝鮮系の窯《かま》が加わって隆盛を極めたそうにございます。志野は六古窯の一つの瀬戸陶で、粗い白土で作られた器に大きな罅《ひび》が入るのが特徴だそうです。白釉《はくゆう》の他に釉色が鼠色や赤色になり、その絵文様を無地志野とか、絵志野、鼠志野、赤志野、紅志野、練上《ねりあげ》志野などと呼び分けるのだそうです。神沼様の鼠志野は、一時千宗易こと利休様の持ち物だったとか、箱書にその証拠《あかし》があるそうです。ために この鼠志野は格別に利休紅葉と呼ぶ名器だそうで、好事家に売れば五百両は下るまいとか」

「茶碗一つが五百両とな」

磐音にはただ驚きでしかない。

「若先生、これで驚いてはいけません。神沼家が茶道具方を辞さざるを得なかったとき、神沼家の蔵にはこの他、茶碗や茶釜《ちゃがま》や茶杓《ちゃしゃく》や茶掛けがかなりあったとか、巷で噂されたそうです。無役二代が続き、猟官《りょうかん》運動のために密《ひそ》かに茶器を売られたようです。それでも手元に残されたのが利休紅葉、鼠志野であったらしいです」

「神沼家にとって利休様ゆかりの鼠志野は最後の宝物であったか」

弥助が顔の前で手を横に振った。

「若先生、今一つ話が加わりますので」

「まだなにか」

「あの騙り取られた利休紅葉の茶碗と対になる、紅志野の高野《こうや》紅葉と呼ばれる茶碗が、未だ神沼家の手元にあるそうです。この利休紅葉と高野紅葉の一対ならば、千両を大きく超える値で売り買いされると茶道具屋が言っていました」

「これはこれは、返す言葉もござらぬ」

と磐音は答えるしかなかった。

「最前、弥助どのは瀬良家が騙り取ったと言われたが、やはり利休紅葉、瀬良家から神沼家には返却ないとみてようござるか」

「間違いございません。瀬良定満様は、京から神沼家の内所の話を得たようで、神沼家の茶道具を手に入れることを長年画策してきた節がございます」

磐音の脳裏に、長谷寺の四人組の無体《むたい》の風景が浮かんだ。

「墓暴きは、もう一つの高野紅葉が墓に隠されていると推量したからであろうな」

「いかにもさようで。指揮していた爺用人《じじようにん》は、瀬良の殿様の腰巾着《こしぎんちゃく》の香田釜之助《こうだかまのすけ》だそうです」

「それがし、古賀どのの自裁にいささか惻隠《そくいん》の情を催し、お節介をいたしたようじゃ。われらが手を出せる話ではござらぬな」

「とは申せ、すでに人ひとりの命が失われております」

「となると、どなた様かのお知恵を拝借するしかないか」

むろん磐音の頭にあったのは速水左近だ。

「神沼家の当主どのはどのようなお方であろうか」

「先代までは復職に必死だったそうですが、当代の神沼憲兼無易《むえき》様は学者肌のお人柄と申せばいいのか、古今東西の書物などであれこれ茶道を研究なさるのが日課だそうです。江戸の茶人の間でも、神沼無易様は希代の茶道学者と認められるお人だそうです」

「無易様と号されておられるのか」

「先祖が茶道具に執着して金儲けに走ったことを、予《かね》てより戒めとしておられるらしく、物や金子《きんす》に執着せぬよう、無易、つまり無役を名乗っておられるのだぞうです。こたびの騒ぎも、瀬良様が利休紅葉に愛着なされるならばお譲りしてもよい、と言っておられるとか」

「恬淡《てんたん》として欲のないお方のようじゃな」

「はい。一方家臣らは、利休紅葉と高野紅葉は、神沼家が復職する最後の頼みと考えておりまして、なんとしても瀬良様から取り戻したい一念で結束しているとのことです」

「神沼家の願いは茶道具方の復職かな」

「間違いないところです」

「無易様ご自身はどうお考えであろうか」

「先祖の職を継ぐことを望んでおられるそうです。但《ただ》し家来衆は、茶道具方に付きまとう金子のことが念頭にございましょう。ですが、無易様は幕府の茶道具を管理して、茶道具の歴史を大系化したいという望みをお持ちなだけのようです」

「はて、どうしたものか」

磐音はしばし思案した後、養父の玲圓に相談を持ちかけ、おこんを伴い、速水邸に時節の挨拶に訪れた。

昼下がりの刻限だ。

おこんは佐々木家に速水左近の養女として嫁に入っていた。それは町人身分のおこんを武家の出とすべく、形式を整えるためであった。ために速水左近はおこんの養父でもあった。

養女のおこんが養家に時候の挨拶に出向くという形式に拘《こだわ》ったのには理由があった。

速水左近は十代将軍家治の御側御用取次《おそばごようとりつぎ》という重職にあり、老中ですら速水の顔色を窺う立場にあった。それは偏《ひとえ》に家治の代弁を務める職掌ゆえのことだ。

速水家には大名方、旗本衆と猟官に訪れる客が絶えなかった。だが、速水は一切受けることなく門前払いにした。ために、

「表猿楽町《おもてさるがくちょう》の主は清廉潔白を通り越して変人堅物」

との噂が立っているらしい。

そんな速水邸に繁《しげ》く出入りすることを、玲圓、磐音父子は遠慮していた。そこで、養女のおこんに亭主が従うという名目を己に用意して、表猿楽町の速水邸を訪ねた。

おこんの来訪を知った杢之助、右近の兄弟は、

「姉上が里帰りなされた」

と無邪気に喜んだ。

磐音は弟らの相手をおこんに任せ、速水と面談すると、冬桜を見物に行って関《かか》わりを持った騒ぎの一切を告げた。

速水は両眼を瞑《つむ》って話を聞いていたが、話が終わっても沈思を続けた。

「瀬良播磨についてあれこれと悪評が飛んでおるのは、それがしも承知でな」

長い沈黙を破った速水は苦々しい表情で吐き捨てた。

「そなたに説明する要もあるまいが、高家は名族《めいぞく》、いわば先祖の遺産で食うておるようなものじゃ。昔、高家は貧乏が通り相場。その代わり官位が高いゆえ、格式だけは大名並み。それでも清貧に甘んじる名族が多かったと聞く。だが近頃では、官位欲しさの諸大名からの付け届けが多く集まるそうで、内所も豊かと聞い

ておる。瀬良どのは表高家でな、肝煎《きもいり》や名代《みょうだい》の役に就きたくてうずうずしておる人物じゃ。当家にも繁く用人が通うておる。こたび、日光への御名代を初めて命じられ、張り切っていると聞いた」

正月、伊勢と日光には将軍家の名代として高家の者が出向く。その名代の報告の折りは、将軍家も平伏して承った。それだけに高家には、伊勢御名代、日光御名代を務めたい願いがあった。

「瀬良はこたびの日光御名代に就くにあたり、かなりの金子を老中にばらまいたとの噂を聞いておる。そのこととこたびの利休紅葉を騙り取った一件と、関わりがあるかないか、それがしも調べよう」

と応じた速水が、

「磐音どのはもはやこの一件から手をお引きなされ。茶碗一つが五百両だ、千両だという話、佐々木磐音が関わることではないわ。ただし弥助には、以後も瀬良、神沼両家に目を配り、なんぞ変化あらばそれがしに直《じか》に知らせよと告げてくだされ」

と命じた。

四

磐音とおこんは表猿楽町の速水邸を辞去した後、日本橋の魚河岸《うおがし》にある乾物問屋の若狭屋《わかさや》を訪ねた。

おこんが遼次郎から豊後関前藩の雇船が江戸に到着したと聞いていたため、詳しい様子を聞きに行ったのだ。すると、明朝から積み荷の下ろし作業が始まるとかで、番頭の義三郎《ぎさぶろう》をはじめ、奉公人の大半が佃島《つくだじま》沖に行っていて話ができなかった。

だが、雇船が荷を積んで安着したことだけは確かめられたので、磐音はほっとした。

冬の熊野灘《くまのなだ》、遠州灘《えんしゅうなだ》、駿河《するが》沖を、荷を満載した弁才船《べざいせん》で乗り切るのが難しい航海であろうことは、磐音にも判断がついた。それを承知で船を出したということは、船頭らが豊後から江戸への海路を熟知しており、関前藩の事業が軌道に乗ったということではなかろうか。

当然、この時期に江戸に入ってくる船は少ない。一方、正月を前にして、質のよい乾物はいくらでも需要があった。競争相手が少なく需要が大きいということは、それだけよい値で取引きされるということだ。

義三郎自ら佃島に品を確かめに行ったということは、そういうことではないのか。

磐音はあれこれ推察し、中居半蔵《なかいはんぞう》の高笑いを聞いた気になった。

「おこん、遅くなったついでと言うてはなんだが、一太郎《いちたろう》どのの成長ぶりを見て参らぬか」

「養母上は今津屋《いまづや》に立ち寄るものと考えられ、夕餉の仕度は案じるなと言われました」

尚武館には大勢の住み込み門弟がいた。おえいやおこんの暮らしは、三度三度の食事の仕度に追われる日々でもあった。

「養母上が承知ならば、大手を振って米沢町を訪ねるか」

二人が両国西広小路の両替商今津屋を訪れたときは夕暮れ前で、今津屋では大商いは済んでいた。だが、小店の手代や棒手振《ぼてふ》りらが釣銭の兌換《だかん》に訪れ、いつもの店仕舞い前の賑わいを見せていた。

「おや、佐々木様、おこんさん」

帳場格子《ごうし》に座して広い店じゅうに睨《にら》みを利かす老分《ろうぶん》番頭の由蔵《よしぞう》が、すぐに二人の来訪に気付いた。

「深川からのお帰りですかな」

由蔵はおこんの実父の金兵衛《きんべえ》が住む六間堀を訪ねたと思ったか、訊いた。

「いえ、若狭屋様を訪ねた帰りです」

「おお、関前藩の船が佃島沖に着いたそうですね。正月前にひと稼ぎなさるおつもりのようだ」

由蔵はすでにそのことを承知していた。

「いえね、中居様のお使いが見えて、正月用の乾物やら柚子《ゆず》などを届けてくださったのですよ。うちでは、佐々木様の願いもあって若狭屋に口を利いただけ。それをいつまでも義理固く考えられ、船が着く度にご丁寧にも関前の品々を届けてくださいます」

関前藩の雇船到着を知る理由を由蔵が語った。

「老分どの、海産物の出来はどうですか」

「やはり品が気になりますか」

と笑った由蔵が、

「上々吉の仕上がりにございますよ。あれならば若狭屋でも値よく捌けましょう」

磐音は旧藩の商いが順調と聞いてさらに安堵《あんど》した。

江戸から遠い西国豊後の海産物や干し椎茸などを藩が一括して集荷し、大消費地の江戸に持ち込んで商売する発想は、江戸藩邸勤番の若い侍、磐音らが考え、実行に移そうとしたことだった。だが、この商いが緒に就く前に藩騒動に巻き込まれ、磐音の盟友河出《かわで》慎之輔《しんのすけ》、小林琴平《こばやしきんぺい》らの犠牲があった。

それだけに、商売が順調と聞くと磐音は喜ばしかった。

「奥でもお待ちですよ」

と由蔵が自ら二人を今津屋の奥へと案内した。すると一太郎の元気な声が二人の耳に飛び込んできた。

磐音とおこんは実家に戻ったような気分で、成長した一太郎の相手をしたり、吉右衛門《きちえもん》やお佐紀《さき》や由蔵相手に気兼ねのない談笑をし、夕餉を馳走《ちそう》になった。

その折りのことだ。給仕を務めるおはつが、

「おこん様、先日、お使いに出たとき、日本橋でおそめ姉ちゃんと会いました」

と告げた。

おそめはおはつの実姉だ。短い歳月ながら今津屋にも奉公していた。

「元気だったかしら、おそめちゃん」

「橋の上でなにか考え事をしているので、私、姉ちゃんが親方に叱《しか》られて川に飛び込もうとしているんじゃないかと驚きました」

「まさか」

驚いたおこんがおはつのほうに身を乗り出した。

「そしたら、腕が上がったことを親方に褒《ほ》められたとかで、しみじみと独りで喜びに浸っていたんです」

「ああ、よかった」

おこんが大仰な様子で胸を撫で下ろし、一座に笑いが起こった。

「親方が、梅の花が咲くようになったら、半日暇をやるから花鳥風月、季節の移ろいをとくと観察してこい。それも修業の一つ、とも言われたと姉は喜んでました。御城近くの梅の名所は湯島の天神様かな、と私に訊きました」

「おそめちゃんは偉いな。確かな足取りで職人の道を歩いておる」

「はい」

磐音の言葉に妹のおはつがわがことのように喜び、満面の笑みで答えたものだ。

夕餉の後も四方山《よもやま》話に花が咲いて二人が今津屋を辞去したのは、五つ半（午後九時）の刻限だった。

柳原土手《やなぎわらどて》を筋違橋《すじかいばし》御門に向かって二人は肩を並べて歩いた。微醺《びくん》を帯びた磐音は、夜風が気持ちよかったが、

「おこん、寒くはないか」

とかたわらの恋女房に声をかけた。

「寒くはありません。こんの胸には温かい火が点《とも》っています」

「ほう、胸に火がな」

「豊後関前の商いは上々吉、今津屋も商売繁盛、一太郎様もすくすくと育ち、おそめちゃんも一歩一歩女職人の道を歩んでいます。私の胸には幸せの火が点っています」

「いかにもさよう。あとは、いや、よそう」

「あら、途中で言いかけてやめるなんておかしいわ」

おきゃんな町娘の昔に戻ったようにおこんが磐音の袖《そで》を引いた。

「いや、われらに赤子がと思うたのだ」

「こればかりは」

おこんの声に不安が滲《にじ》んだ。

「おこん、すまぬ」

「そんな、磐音様が詫びられることではございません」

「そうじゃな、こればかりは授かりものだからな」

「はい」

とおこんが返事をしたとき、

「ジャンジャン！」

大川の対岸と思える方角で半鐘が鳴り出した。

「まさか深川六間堀界隈ではないでしょうね」

強風ではないが乾いた風が吹いていた。

磐音とおこんは、柳森稲荷《いなり》の土手に上がり、大川の方角を振り返った。

鐘の音は大川を伝い、尾を引くように伝わってきた。

「おこん、深川も越中島辺りであろう。新たな鐘の音が聞こえぬところをみると、大火にはなるまい」

磐音の言葉におこんが頷いた。

磐音とおこんは柳原土手を下り、再び神保小路に足を向けた。

武家屋敷はすでに眠りに就いていた。
尚武館道場がある神保小路と小川町一橋通の辻《つじ》に差しかかったときには、もはや半鐘の音は消えていた。その代わりに、
ふわり
と人影が二人の前に立ち塞がった。
浪々の武芸者と思える六人の中には槍《やり》を携えた者もいた。道場破りでもしながら世間を渡り歩いている連中か、平然とした態度だ。怪しげな面々が左右に分かれて、瀬良家の用人香田釜之助が姿を見せた。そのかたわらには、撫で肩の着流しの男が従っていた。懐《ふところ》に匕首《あいくち》を呑《の》んでいる手合いで、修羅場《しゅらば》を潜って生き抜いてきた不敵な面魂《つらだましい》が月明かりに朧《おぼろ》に浮かんだ。
「おや、どこかでお見かけした顔じゃな」
磐音の声が長閑《のどか》に辻に響いた。その声を聞き付けたか、白山が、
うおんうおん
と鳴いた。
「佐々木磐音どのと心得る」
「過日、それがしの連れがそう伝えたはずじゃが。それとも、訝しんで神保小路

に確かめに参られたか」

「ならば、佐々木磐音どのに申し付ける。瀬良家と神沼家の諍いは内々のことにござれば、他人が介在するは迷惑至極。手を引いていただきたい」

「念には及びません。それがし、お節介はやめにいたしました」

「それでよい」

という香田用人の返答に、

「では、われら、これにて失礼いたす」

と立ち塞がる武芸者の間を抜けようとすると、槍を携えた一人が鞘《さや》の嵌《はま》った穂先を磐音の胸前に突き付け、制止した。

「まだ用がござるか」

槍を構えた相手は無言だ。

磐音は香田用人の顔を見て、一言を添えた。古賀継之助の死が未だ念頭にあったからだ。

「用人どの、それがしはこの一件から手を引き申した。されど」

「されど、なんだ」

「上様御側御用取次速水左近様に、この一件委ねてござる」

香田用人の口から悲鳴が上がった。

「そのほう、町道場主の養子の分際で、上様御側衆の名を持ち出すか」

「速水様は養父玲圓の剣友にござってな、その縁でそれがしも親しいお付き合いを願うており申す」

「ゆ、委ねたとはどういうことか」

「字義どおりにおとりくだされ。事と次第によっては、速水様からそなたの主どのへお話がござろう」

「虚仮《こけ》おどしだ、それに決まっておる。深川の裏長屋に住まいし、鰻割《うなぎさ》きで生計《たつき》を立てていた浪人者が、どのような縁で尚武館の養子に入り込んだか知らぬが、御側衆と関わりがあるものか」

「香田どの、それがしの身許を調べられたようじゃが、いささか手抜かりがござるな」

香田用人が傍らの着流しを振り返った。

「用人さん、武家方の付き合いまで、こちとら請《う》け合ったわけじゃねえや。公方《くぼう》様御側衆と付き合いがあるなんて、嘘《うそ》っぱちに決まってまさあ」

男が嘯《うそぶ》いた。

「ともあれ道場はすぐそこじゃ。お疑いならば、道場にてとくと説明いたそうか」

胸前に突きつけられていた短槍《たんそう》が前後に迅速に扱《しご》かれた。その動きで革鞘が払われ、地面に転がった。

「おこん、下がっておれ」

磐音は背後のおこんに言うと、備前包平《かねひら》の鯉口《こいぐち》を切った。

短槍の仲間もさっと半円に陣形を整えた。

「ま、待て。この者が御側衆と知り合いならば、後々厄介《やっかい》なことになる。ましてこやつの道場の近くでの争いは避けたい」

「用人さんよ。わっしら、頼まれた仕事はきっちりして約束のお鳥目《ちょうもく》をいただき、おまえさんとは別れてえ」

と男が言い放ち、顎で武芸者らに命じた。

どうやら六人の武芸者の頭分《かしら》で稼ぎをお膳立《ぜんだ》てしているのは、着流しの男らしい。

磐音の目の端に影が走り、木刀が、

ふわり

と虚空を飛んできた。

磐音が木刀を片手で掴むと、

「霧子、よう気付いた」

と女弟子を褒め、鯉口を切った包平を鞘に戻した。

霧子が辻の端を駆け抜けておこんのかたわらに付いたのを磐音は察した。これで磐音の不安が消えた。

片手に掴んだ木刀の切っ先がぐるりと回り、着流しの男を差した。

「そなた、名はなんと申す」

「土壇場《どたんば》の久助《きゅうすけ》」

土壇場とは斬罪《ざんざい》を執行するために築かれた土の壇だ。ひらたく言えば首斬り場だ。そんな異名を持つ男だった。

「悪さを重ねながら世間を渡り歩いてきたか。今宵《こよい》が最後と心得よ」

「しゃらくせえ」

土壇場の久助がひょいと飛び下がり、短槍が磐音の胸を襲った。

磐音の木刀が迅速の穂先に絡《から》み、巻き上げるように撥《は》ね上げた。

短槍が相手の手から飛んで磐音が踏み込み、竦《すく》む相手の肩口を叩《たた》いてその場に崩れ落ちさせた。

二番手が磐音の右手から襲いきた。

木刀で弾《はじ》いておいて、磐音は半円の中に自ら踏み込んだ。すると半円を形作っていた五人が突きの構えで磐音を囲んだ。

輪の外で、香田釜之助と土壇場の久助が戦いの様子を窺っている。

五本の切っ先に囲まれた中心に、木刀を正眼《せいがん》に構えた磐音が、

「春先の縁側で日向《ひなた》ぼっこをしている年寄り猫」

の風情で立っていた。

だが、勝手が違うのか、五人のほうから仕掛ける様子はない。

「道場主ってのは畳水練を教える仕事だぜ。先生方のように修羅場を潜ってきたんじゃねえや。やりな」

土壇場の久助が嗾《けしか》けた。

その途端、五人は一斉に磐音に向かって踏み込み、迅速の突きを繰り出した。

一本の突きは避けられても五本の突きは避けられまいという必殺の、

「五本突き」

である。

磐音は春風が舞うようにふわりとその場に腰を落とした。ために五本の切っ先が磐音の頭上で空を切り、一点に集中して互いに火花を散らした。

その直後、五人の体が鎌《かま》で足元を撫で斬られたように倒れ込んでいった。

磐音が座したまま、
くるり
と体を回転させ、回転に合わせて木刀を左から右に一閃《いっせん》させたからだ。

弁慶の泣き所の向こう脛《ずね》をしたたかに叩かれた五人が、絶叫しながら転がり回った。

「畜生！」

土壇場の久助が形勢悪しとみて逃げにかかった。

「待て、それがしも退《ひ》く」

香田釜之助が神保小路と小川町一橋通の辻から逃げ出そうとした。

「土壇場の久助、仲間を置いて一人だけ逃げるとは卑怯《ひきょう》ではないか」

磐音がゆらりと立ち上がった。そして、霧子が久助の前に立ち塞がった。

月明かりで霧子の風体を確かめた久助が、

「てめえ、男の格好をしてるが、女か」

と呟いた。

「女ではいかぬか」

霧子の手には小太刀《こだち》の稽古用の短い木刀があった。

「そなたら、江戸で稼ぎをする心算のようだが、あまりに無知すぎる。尚武館の若先生をなんと心得る」

「女弟子にまで甘く見られたぜ」

久助が懐から匕首を抜いた。

「あれあれ、地べたに尻餅をおつきになるなんて」

おこんの声がして亭主の羽織の後ろを、
ぽんぽん
と叩いた。

「くそっ」

おこんと磐音の仕草はまるで幼子が母親に面倒を見られているようだった。それをちらりと見た土壇場の久助が罵《のの》り声を上げた。

匕首を握った拳《こぶし》に唾《つば》を吐きかけた久助が、腰撓《こしだ》めにして霧子にぶつかっていった。

女だと高を括り甘く見たのだろう。だが、霧子は尚武館道場で男たちに混じって猛烈な稽古を積んできた娘武芸者だ。

短い木刀が一閃すると、突進してきた久助の額を叩き、その場に転がり倒した。

「見事じゃや、霧子」

と女弟子を褒めた磐音が、

「霧子、面倒じゃが、八丁堀の木下一郎太《きのしたいちろうた》どのの屋敷まで知らせに走ってくれぬか」

と願った。

第二章　盲目の老剣客

一

　磐音が目を覚ましたとき、障子にあたる光が西に回っているのが分かった。夜具の中で伸びをした磐音は、

「身内」

がある幸せを嚙《か》み締めた。

　昨夜、尚武館近くで待ち伏せにあった騒ぎの始末が明け方近くまでかかった。

　霧子が八丁堀に去った後、磐音はおこんに、

「こちらはいささか時間がかかろう。そなたは先に戻り、明日のこともある、早々に床に就くがよい」

おこんの知らせを受けた住み込み門弟の田丸輝信らが騒ぎの辻に駆け付けてきて、

「若先生、こやつら、尚武館に運び込みましょう」

と磐音が倒した面々を尚武館の長屋に連れ込んだ。そこで磐音らは定廻《じょうまわ》り同心木下一郎太らの到着を待ったが、なかなか現れなかった。

「若先生、少しお休みになりませんか」

門弟らが磐音のことを気にした。だが、騒ぎの事情を知るのは磐音しかいない。そこで磐音は木下一郎太らに経緯《いきさつ》を説明するために待った。

木下一郎太らが霧子の案内で尚武館に駆け付けたのは七つ半（午前五時）を過ぎた刻限で、すでに朝稽古が始まっていた。

「佐々木さん、お待たせしました。霧子さんより道々事情は聞きましたので、まずこやつらを奉行所に引き取ります」

朝稽古のことを気にした一郎太が引き取ろうとした。

「木下どの、高家の瀬良家と御家人神沼家が絡んだ話ゆえ、こちらは速水様に通してあります。南町が御目付と話し合うことあれば、徒目付の伊佐村八兵衛どのが仔細は承知です」

磐音はおおよその経緯を定廻り同心に告げた。その上で一郎太らが土壇場の久助のほか、六人の武芸者らを引き取っていった。

「若先生に夜明しさせる羽目になり、申し訳ございません。木下様方は鉄砲洲河岸《てっぽうずがし》に騒ぎがあったとかで、出張《でば》っておられたのです」

遅くなった理由を霧子が申し訳なさそうに告げた。

「それがしが徹宵《てつしょう》したのは、そなたのせいでない。霧子は十分に御用を果たした。気にいたすな」

木下一郎太の疲れた顔を見れば、夜の江戸を探索に駆け回っていたことは明白だった。

磐音は離れ屋に戻ると稽古着に着替えた。

おこんは磐音の言い付けを守り、床に就いた様子があって、すでに母屋で朝餉《あさげ》の仕度にかかっていた。磐音が戻った様子に気付いたおこんが離れ屋に姿を見せて、

「お疲れさまにございました」

「おこん、十分に休めなかったのではないか」

と互いを労《ねぎら》った。

「磬音様に悪いとは思いましたが、二刻半（五時間）ほど眠りました」

「それはよかった」

「朝稽古では、怪我などにお気を付けください」

「承知した」

道場ではすでに通いの門弟らも姿を見せ、いつもどおりの尚武館の日課が始まっていた。

この朝、最初から玲圓も道場に立ち、門弟らの指導にあたった。

磬音が騒ぎの始末に徹宵したことを承知の玲圓が、早朝から道場に出て指導にあたったのだ。そのせいでぴーんと緊張した稽古が続いた。

いつものように朝稽古が進み、磬音が初心組の指導を終えたとき、玲圓が磬音を呼び、

「磬音、朝湯の用意ができておる。下がって使え」

と命じた。

「今朝は早くからご指導ありがとうございました、お蔭《かげ》さまで助かりました。それがし、若手組の定期戦に立ち会いますので、養父上《ちちうえ》がお先にお引き取りください」

「定期戦の審判、それがしが務める」

と答えた玲圓が、

「近々、西の丸様への出稽古があろう。休めるときに体を休めておかぬと失態が生じてもならぬ。まあ、ここは年寄りに任せよ」

と徹宵の磐音の身を気にした玲圓が、磐音を道場から離れ屋に戻した。

磐音も家基のことを持ち出されると拒むことはできなかった。養父の玲圓の気持ちをありがたく受け、母屋の湯殿でさっぱりと汗を洗い流した。離れ屋に戻り、すでに用意されていた尚武館名物の朝粥《あさがゆ》を食すと、おこんが敷いた布団に体を横たえ二刻半ほど熟睡した。

(身内とはつくづくよいものだ)

と布団の中で磐音がそのことを考えていると、障子におこんの影が映った。

「おこんか、養父上のお言葉に甘えてよう眠った」

障子が開いて、

「それはようございました」

と言いかけるおこんの顔に困惑の表情が漂っていた。

「いかがいたした」

「門前に笹塚孫一《ささづかまごいち》様が木下一郎太様を伴い、昨夜《ゆうべ》の礼にとおいでにございます」

「昨日の一件のな」

南町奉行所の知恵袋と称される年番方与力《ねんばんかたよりき》笹塚孫一だ。南町奉行牧野成賢《まきのせいげん》を補佐し、与力同心を手足のように使う笹塚は、奉行所に控えていることが多い。

その分、牧野は城中に出仕して政事に専念できるというわけだ。

百万都市江戸の治安を守る江戸町奉行は、治安と経済の最高責任者で、登城という日課もあった。

それだけに南の知恵袋の笹塚の日課は奉行の留守を守り、多忙を極めた。

高家瀬良家が絡む話とはいえ、土壇場の久助や不逞《ふてい》の武芸者らの捕縛《ほばく》の礼に笹塚自ら尚武館を訪れるのは珍しい。

「笹塚様は、久しく若先生とお目にかかっておらぬゆえ、ご挨拶にと仰《おお》せです」

おこんの憂い顔は、笹塚が新たに厄介事《やっかいごと》を持ち込んできたと警戒していたせいだ。

「おこん、それがしが夜具を片付けるゆえ、こちらにお呼びしてくれ」

「磐音様は着替えを済ませてくださいませ。夜具は私が片付けます。その後に笹塚様をお呼びすればよろしいのでは」

おこんの言うままに寝巻きから普段着に着替え、身嗜《みだしな》みを整え終えたとき、

「おおっ、こちらが若夫婦の離れ屋か。辛気臭い奉行所と違い、なんとなく艶《なま》めかしいのう」

と大声が響き、

「梅の蕾《つぼみ》がなんとのう膨らみ、尚武館の離れにもすぐそこまで春が到来しておるわ」

とさらに屈託のない言葉が続いた。

「笹塚様が多弁なときは怪しゅうございます。玄関先でも申し上げましたが、今やわが亭主どのは深川六間堀の金兵衛長屋の浪人暮らしではございませぬ。尚武館の勤めのほかにもあれこれと多忙な身ゆえ、町方のお頼み事はご遠慮願います」

「おこんさん、笹塚孫一、世間のことはすべてお見通しじゃ、そなたらの胸中も分かっておるで、案ずることはない」

笹塚はやはり魂胆がありそうな口調でおこんに応じ、おこんが母屋に下がった気配があった。

「お待たせいたしました」

居間に磐音が入ると、長火鉢の前に大頭の笹塚がどっかと座り、一郎太がすまなそうな顔で居間の隅に控えていた。

「おおっ、佐々木どの。昨夜はいかい造作をかけた。さすがに尚武館の若先生にかかっては、関八州《かんはっしゅう》の代官所のあちらこちらより手配が回っておる土壇場の久助一味も他愛《たわい》ないものであったな。早速お城下がりのお奉行に報告いたすと、尚武館の若先生には度々手伝いをいただき、なんぞ褒賞《ほうしょう》を考えねばなるまいとの仰せであった」

「笹塚様、おこんの言葉ではございませぬが、笹塚様の饒舌《じょうぜつ》にはなんとのう下心が感じられます」

「神保小路に入られたら、夫婦ともにいささかお人が悪くなられたように感じるのはそれがしだけか。のう、一郎太」

と配下の一郎太に相槌《あいづち》を求めた。

「笹塚様、私はただ道案内《みちあんない》を務めただけです」

「なんじゃ、そなたも冷たいではないか」

おこんと早苗が母屋から茶菓を運んできた。

「うむ、尚武館にかような若い娘が奉公しておったか。利発そうな娘じゃな。そなたもよいところに奉公なされたな。よいか、尚武館は一介の町道場ではござらぬ。遠く先祖を辿《たど》れば御城と深い縁《えにし》のある家系、内所も悪くないでな。何年か行儀見習いに精を出し、おこんさんのように良き婿《むこ》どのを見つけてもらうのじゃぞ」

「笹塚様、早苗さんは竹村武左衛門《たけむらぶざえもん》どのの長女娘と、それがし、前に説明申し上げました」

一郎太が苦々しい顔で言った。

「なにっ、あの酔っ払いにかような娘がおったか。ほうほう、それが尚武館に奉公な。友とはよいものじゃな。互いが助け合う姿はなによりも麗しい」

笹塚孫一は供された室町の菓子舗一味堂の名物金鍔《きんつば》を手にとり、しげしげと見入った。

「笹塚様、早苗さんのあとは金鍔を褒め倒されますか」

口を開きかけた笹塚の機先を制しておこんが言った。

「うっ」

と言葉を喉《のど》に詰まらせた笹塚が、

「おこんさん、そういうわけではござらぬ」

と手にした金鍔を一口食し、

「これは美味《うま》い」

と思わず後を続けようとした。

「おこん、早苗さん、そなたらが同席いたさば、笹塚様はあれこれと気をお遣いになる」

「外せとおっしゃいますか」

「笹塚様も、そなたがあれだけ釘《くぎ》を刺してくれたで無体《むたい》は言われまい」

「ほんとうにお分かりでございましょうか」

おこんは、素知らぬ顔で金鍔をむしゃむしゃ食べる笹塚をひと睨みして、

「早苗さん、母屋に下がりましょうか」

と出ていった。

「おこんさんは今津屋の奥を仕切っていたときより一段と、貫禄《かんろく》というか風格が増してこられたわ」

と金鍔をぺろりと食し、茶碗に手を伸ばした。

「笹塚様、昨夜の礼にお越しいただいたのではございませんので」

「うーむ、おこんさんにあれだけ見透かされると、笹塚孫一の口もいささか重う

なる」

と洩らした。

「木下どの、厄介事ですか」

磐音が一郎太に訊いた。

「佐々木さんには過日も上総安房《かずさあわ》までご同行願い、私の出入りの設楽家の面倒を解決していただいたばかり。それをまたそのお力に縋《すが》るのは、いささか厚かましいと申し上げたのですが」

「昨夜もその一件で走り回っておられましたか」

「さすがは若先生、勘はいささかも衰えておられぬな」

「笹塚様、お話だけお聞きします」

埒《らち》が明かないと思った磐音が言い出し、笹塚が身を乗り出す。

「そうでなくてはのう。なにしろ笹塚孫一と坂崎磐音の古い付き合いゆえ、互いの胸中が察せられるというものじゃ」

「笹塚様、もはや坂崎さんではございません」

一郎太が注意した。

「おお、そうであったそうであった。尚武館の後釜《あとがま》に入り、姓を佐々木に変えたのであったな。わしは、坂崎磐音でなんの不足もないのだがのう」

と勝手なことをほざいた笹塚が、

「若先生、近頃、昨晩の輩《やから》のような不逞の武芸者やら、土壇場の久助など二つ名のやくざ者らが無数江戸に流入しておることを承知じゃな」

磐音は曖昧に頷いた。

「それは偏に、関八州一円は言うに及ばず、出羽《でわ》から陸奥《むつ》まで不作続き。いずこも天災、凶作、流行《はや》り病が繰り返され、田畑は疲弊し、百姓は年貢を納めるどころか自らの食い扶持も満足に確保できぬありさまじゃ。ゆえに、娘を悪所《あくしょ》に売ったり一家で逃散《ちょうさん》したりで、在所が荒れ切っていることに遠因がある。じゃが、江戸に流れ込んだところで、すぐにおまんまが食えるわけではない。その連中の一部が盗人、押し込み、火付けに走りおる。われらがいくら夜も眠らずに駆け回って捕まえたとて、いたちごっこ。もはやわれらの手には負えぬのだ」

と笹塚は嘆いた。

磐音は黙って聞くしかない。

「無能無策の幕府め、対策は立てられぬのかという顔をしておるな、若先生」

「そのようなことは考えてもおりませぬ」

疑り深そうな表情の笹塚が上目遣いに磐音を睨んだ。そして、茶碗を摑み、喉を潤した。

今年の初夏に話は戻る、といきなり笹塚が話を転じたかにみえた。

「勘定奉行と江戸町両奉行が江戸に流入した無宿人を捕えて、佐渡の金銀山の揚げ水作業に就かせることを決定した。そなたは承知かどうか知らぬが、金銀鉱山の採取に一番厄介なのは出水だ。水上輪《すいしょうりん》、寸法樋《すぽんとい》、竜骨車《りゅうこつしゃ》などという水揚げ道具も工夫もなされておるようだが、解決にはほど遠い。結局、地中で人足が水と格闘して水揚げをするのがいちばん有効な手段じゃそうな。じゃが、もはや佐渡の島では人足は見つからぬ、落盤などが頻繁に起こり、過酷な労働の上に危険が伴う作業じゃからな。一方、江戸には在所から流れ込んできた無宿人がごろごろと溢れておる。その者たちを佐渡に送り込んで揚げ水作業に従事させようという案が、春先から城中で議論され始めたと思え」

「笹塚様」

一郎太が上役の袖を引っ張り、磐音の困惑したような顔に笹塚も気付いた。

「一郎太、それがしの説明、なんぞおかしいか」

「笹塚様、つい先頃も、佐渡へ送る無宿人の一行から野州《やしゅう》無宿の竜神《りゅうじん》の平造《へいぞう》一統が抜けて江戸へ舞い戻り、越後《えちご》黒川《くろかわ》藩柳沢家の下屋敷で開かれる賭場《とば》に隠れ潜《ひそ》んでいるところを、佐々木さんの助力にて捕縛いたしたことをお忘れですか」

「おおっ、そうであったそうであった。光陰矢の如《ごと》しというが、あの一件、数年前のことのように考えておった。それにわが南町の手でお縄にしたと思い込んでおったが、そうか、あれは佐々木どのの手を借りたのであったか」

笹塚孫一がいささかも動ずることなく平然と言い放った。

「なんということを」

一郎太は慨嘆したが、当の笹塚は、

「ならば佐々木どのの呑み込みもよかろう」

と言い放った。

「今から半月前に江戸を出立《しゆつたつ》した一行の中に、入れ墨者の能楽《のうらく》の丹五郎《たんごろう》という渡世人が加わっておりました。そやつが上州《じようしゆう》と越州《えつしゆう》境の三国峠《みくにとうげ》を前にして、道中で仲間になった五人を誘い、同行の役人に怪我を負わせて逃げ出したのです」

と一郎太が笹塚の代わりに説明した。

「以前北町の手でお縄になった能楽の丹五郎は、一見、二つ名どおりののらりくらりとした野郎ですが、惚《ほう》けた面付きで北町のお白洲《しらす》を知らぬ存ぜぬで騙《だま》し通した、したたかな野郎です。ですが、こやつにかけられた嫌疑は佐渡送りどころじゃない。獄門台に上がっても不思議ではないほどの悪事を重ねてきている。だが、なにしろこれまで独り勤めが多い上に、仲間ですら口塞《くちふさ》ぎに殺《あや》めた模様でしてね、手がかりを残しておりません。この能楽の丹五郎が、佐渡行きの仲間から腕の立つ五人を誘い、狙《ねら》い澄ましたように三国峠を越える前に脱走したそうです」

一郎太が腹立たしげに言った。

「佐々木どの、能楽の丹五郎に率いられた一味が、道中で二人ばかり仲間を増やして江戸に舞い戻ってきたのじゃ」

笹塚が一郎太に代わって短く付け加えた。磐音は黙って聞いているしかなかった。再び一郎太が話し始めた。

「丹五郎め、江戸でひと仕事して上方に逃げる気なのです」

「昨夜、鉄砲洲で火事があったが、火付けだ。丹五郎が船問屋に火付けをして押し入ろうとしたところを、夜廻りの老人に見つかり、斬り殺して逃げ失《う》せた。わしも一郎太も出張っておったのは、この火付けが能楽の丹五郎一味の仕業と分かったからじゃ」

「丹五郎一味はどうやら、船を乗っ取り、上方に逃げる気なのです。三国峠から一緒に逃げた仲間のうちの三人は、酒を運ぶ千石船の船頭と水夫《かこ》でしてね、新堀河岸の煮売り酒屋で別の船の船頭衆と喧嘩《けんか》になり、大怪我を負わせて、船頭をやめざるをえなくなった者たちです。どうやら能楽の丹五郎を頭《かしら》にした面々は、追っ手が厳しい陸《おか》を離れて、海を稼ぎ場にしようと企てたようなのです」

「木下どの、なぜそのようなことが分かったのです」

「江戸に戻る道中、仲間に加えた二人のうちの一人が逃げ遅れて、昨夜、われらの手に落ちました。そこで奴の話から洩れたのです。この、会津《あいづ》から逃散した百《ひゃく》造《ぞう》がわれらの手にあることは、能楽の丹五郎は知りません」

言い終えた一郎太は不意に口を噤《つぐ》んだ。すると笹塚孫一が満面の笑みで、

「佐々木どの、そこでちと相談がござる」

と磐音を見た。

二

半刻《はんとき》（一時間）後、磐音は南町奉行所の与力と同心の二人を伴い、駿河台《するがだい》富士見坂の豊後関前藩上屋敷を訪ねた。

尚武館の離れ屋で紋付羽織袴《はかま》への着替えを手伝いながら、おこんがふと洩らした溜息が未だ磐音の耳に残っていた。

だが、おこんは溜息一つに思わず胸中を語っただけで、それ以上のことを言葉にすることはなかった。それだけに磐音の胸に応えた。

「すまぬ、おこん」

磐音はおこんに詫びた。

「いえ、私が惚れた磐音様は、どのようなときも身を犠牲にして他人《ひと》様のために汗水を流し、江戸の町を走り回られるお方です。養父上も今津屋の老分さんも、あの病は死ぬまで治るまいと言っておられます。それが磐音様のよいところ、私も分かっております」

「それがしのお節介は病か」

今度は磐音が溜息をついた。

おこんは磐音の着替えの出来栄えを確かめ、自らの気持ちを振り払うようにぽんぽんと袴の前帯を叩き、

「はい、これで旧主福坂実高《ふくさかさねたか》様の御前に出られても大丈夫にございます」

と離れ屋から送り出した。

「おや、尚武館の若先生ではございませんか」

関前藩の門内から姿を見せたのは小者の、

「早足の仁助《にすけ》」

だった。

「仁助、久しぶりじゃな」

「坂崎様、おっと、佐々木様でしたね。佐々木様とお顔を合わせるのは久しぶりにございますね」

と仁助も懐《なつ》かしげな表情を見せた。

「こたびは、関前から雇船に乗って江戸に出てきたのでございますよ。江戸と関前を一息に駆け抜けた早足の仁助、老いたりってとこですかね」

と仁助が笑った。

「借上げ船で参られたか」

「佐々木様、昔の正徳丸《しょうとくまる》ではございません。新造の千石船にございますよ。荷が積み易いように船倉を区分し、揚げ蓋《ぶた》から海水が船室に入らぬよう工夫が凝らされた豊江丸《ぶこうまる》です」

「ほう、新造の借上げ船とな」

「帆にもあれこれと風を拾う工夫が凝らされて、使い勝手は前の正徳丸とは比較にならぬほどです。それでこの冬の時節でありながら、正睦《まさよし》様が江戸へ船を出す決断をなされたのでございますよ。藩の物産所が新造船を造るにあたり、筑前《ちくぜん》博多の船問屋にだいぶ資金を出されたそうです」

関前藩の物産所が新造船の資金の一部を提供した背景には、藩の財政改革が順調に進んでいることがあるのではないか、と磐音は勝手な推量をした。

「船も新造なら、船頭衆も若い連中に一新されましてね、なんとも威勢のいい船旅にございました」

と仁助が説明すると、

「どなた様に御用ですか」

と町方の笹塚孫一と木下一郎太の二人にちらりと目をやった。

「中居半蔵様はご多忙であろうな」

磐音は関前藩物産所組頭の半蔵の名を上げ、船が到着したばかりで、その始末に追われているのではないかと案じた。

「つい今しがたお別れしたばかり、案内いたします」

仁助が気軽に三人の案内に立った。

「佐々木様、関前を出てくる前、墓参りに来られた照埜《てるの》様にばったりと船着場でお会いいたしましたが、伊代《いよ》様のお子が生まれそうですよ」

「おおっ、伊代もとうとう母になるか」

伊代は磐音の妹で、旗奉行井筒家の嫡男源太郎《げんたろう》と夫婦《めおと》になっていた。

坂崎家では嫡男磐音が藩騒動をきっかけに外に出て、伊代が井筒家に嫁に行き、正睦の代での坂崎家廃絶を一度は覚悟した。

だが、坂崎家と井筒家の両家が話し合い、源太郎の弟遼次郎が坂崎家に養子に入り坂崎家を継ぐことが決まって、坂崎家の存続が叶った。遼次郎の江戸勤番はそのための準備ともいえた。

「照埜様もお元気そうで、わっしが新造の豊江丸で江戸に出ることになったと申しますと、磐音様にお会いしたら関前は皆元気ゆえ安心するよう言伝《ことづて》を頼むと言われました。明日にも尚武館をお訪ねしようと考えていたところです」

「仁助、一家堅固と聞いてほっと安心いたした。有難い知らせかな」

と磐音が答えたとき、四人は関前藩邸内に新築された物産所の建物の前に出ていた。

物産所は乾物や干し椎茸の品定めをするために玄関の左右に広い板の間があり、

三方の雨戸を取り除くと、庭から直に物産が運び込めるようになっていた。今しも板の間に鰹節《かつおぶし》、若布《わかめ》、昆布、干し鮑《あわび》、椎茸、梅漬けなど、関前から運び込まれた物産が並べられ、検査が行われていた。そして、その場に物産所組頭の中居半蔵や若狭屋の番頭義三郎らが立ち会っていた。

「中居様、尚武館の若先生にございます」

仁助の呼びかけに、中居半蔵と義三郎が同時に振り返り、

「珍しいな。船が着いたと聞いて藩邸に顔を見せたか。いや、南町のお連れがあるところを見ると、そうではなさそうじゃな」

と旧知の笹塚孫一と木下一郎太に会釈《えしやく》を返した。

「中居様にいささか願いの筋があって罷《まか》り越しました。御用の手が空くまでお待ちいたします」

頷いた半蔵が、

「番頭どのが得心されたで、御用は終わったも同然。あとは若狭屋の裁量に藩の実入りはかかっておる」

と冗談を交えて答えた半蔵の態度には余裕があった。よほど満足のいく物産到着であったのであろう。

義三郎が磬音を見て、

「昨日、店を訪ねられたそうにございますね。佃島沖に出ておりまして失礼いたしました」

「番頭どの、いつもながら関前藩が世話になっており申す」

「佐々木様方が道筋を立てられた関前の物産の江戸売り立て、いよいよ軌道に乗りましたな。正月前のこの時節、なんとも時宜《じぎ》を得た船入りでございますよ。そのせいで中居様のご機嫌麗しゅうございます」

「師走《しわす》を前に船が佃島沖に到着したと聞き、それがし、大胆さに驚くやら、感心するやらいたしておりました。それも正月荷を運び込んだのは新造船とか」

「仁助から聞いたか。冬の時節じゃが、豊江丸ならば難なく乗り切れるとご家老が決断なされた策が首尾よく当たった。千石船と称しておるが、三割方は多く荷積みができるような工夫も凝らされておる」

中居半蔵は弥《いや》が上にも上機嫌だった。そして、そのかたわらから義三郎が、

「今年は蝦夷《えぞ》や陸奥の海産物の出来が思わしゅうございません。それで秋時分から中居様に、正月前に江戸に荷を運ぶ手立てはありませんかと相談いたしておりましたところ、国許のご英断で無事に荷が佃島に入りました。私も新造の借上げ

船を拝見して、この船ならば真冬の熊野灘も何事かあらんと得心いたしました」

「それがしも義三郎どのの無理に乗ってはみたが、船が無事に江戸に着くかどうか、冷や冷やのしどおしであった。この時節、熊野灘から遠州灘は荒れるでな。ただ今、屋敷内の稲荷に朝晩手を合わせた甲斐《かい》あって安着した、新造船さまさまじゃ。若狭屋に値踏みしてもろうたが、われらが考えていたより高値で売れそうでな」

中居半蔵は満足の様子を隠し果せぬか、満面の笑《え》みだ。

「それはようございました」

磐音に鷹揚《おうよう》に首肯《しゅこう》した半蔵が、

「磐音、南町の大立者をお連れして、なんぞ御用か」

とようやく笹塚らを伴った理由を訊いた。

「船の荷降ろしは終わりましたか」

「佐々木様、明日の夕刻にはすべて完了いたします」

磐音の問いに義三郎が答えた。すると、

「中居どの、ものは相談じゃが、空になった船を、二、三日お借りできぬかのう」

と笹塚孫一が言い出した。

「町奉行所が空船の豊江丸を貸してくれとは、なんぞ魂胆があってのことですかな」

中居半蔵が訝しげに笹塚に訊いた。

豊後関前の上屋敷を出た磐音ら三人は、さらに下谷《したや》広小路へと回った。南町奉行所に深い繋《つな》がりを持つ読売屋の早耳屋を訪ねたのだ。

「おや、牧野様の知恵袋の笹塚様直々のお出ましとは、なんでございましょう。このところお上のお叱りを受けるような読売を売った覚えはございませんがな」

と早耳屋の番頭の伴蔵《ともぞう》が警戒の様子を見せた。

「伴蔵、案ずるな。頼み事じゃ」

大頭の笹塚孫一が早耳屋の店の上がりかまちにどっかと腰を下ろした。

かわら版の名が歴史に登場するのは、文久《ぶんきゅう》三年（一八六三）、黙阿弥の『歳市廓の討入』の台詞《せりふ》だという。一般には、絵双紙とか読売と呼ばれ、江戸の話題があれこれ面白おかしく書いて売られた。

むろん幕藩体制下のことだ。城中の政事、人事、醜聞、艶聞《えんぶん》を含めて諸々の記事は、弾圧を避けるために巧みな風刺で表現されていた。

庶民たちからやんやの喝采《かっさい》を受けて、日頃の不平不満を解消する役目を果たすように書くのが、読売屋の番頭の腕の見せどころだ。だが、時に筆が走りすぎて町奉行所に呼び出され、お叱りを受けることもあった。

「伴蔵、そなたの筆でちと大仰に書き立ててほしいことがある」

「笹塚様としたことがお珍しい」

と応じた伴蔵が、

「笹塚様、しがない読売屋にございますが、真っ赤な嘘を書き立てることはできませんよ」

「たれが真っ赤な嘘を書き立てよと申した。これは、大悪党を一網打尽にしようという話だ。世のため人のためになることだ」

「笹塚様、ついでに南町にざっくざっくと金子が入ることですな」

笹塚が時に荒業を振るうことは巷の一部では知られていた。

悪党一味を捕え、盗んだ金子のうち、返却先が不明な金子は幕府の勘定方の歳入の一部として繰り入れられた。だが、笹塚はその一部を手元に残して南町奉行所の探索費用に充当していた。

私利私欲に一文も使わぬこともあって、笹塚孫一の荒業は奉行の牧野も黙認していた。

「伴蔵、まことに残念なことだが、こたびの仕掛けでは小判を産むことはない」

「それはまたお気の毒なことで」

と応じた伴蔵が、黙って立つ羽織袴の磐音を見て小首を傾げ、

「はて、どちらかでお見かけしたお武家様ですが、どちらで会うたか」

と呟いた。

「伴蔵、そなた、神保小路尚武館の若先生を知らぬか」

「おお、思い出した。今津屋のおこんさんの亭主どのでしたな。今津屋に出入りなされている頃のお働きぶり、読売に書かせてもらい、だいぶ稼がせていただきました。若先生、おこんさんは息災ですか」

と伴蔵がおこんの様子を尋ねた。

「番頭どの、お蔭さまでおこんも壮健にしておる」

「おこんさんの話なら大歓迎で読売のタネにするんですが、笹塚様の持ち込まれた大悪党の一網打尽話には、艶《つや》っぽい話はございますまい。近頃の読売は、男と女の愛憎話が一番売れるんでございますよ、笹塚様」

「艶っぽい話か、まずないな」

と苦笑いした笹塚孫一が、大頭を絞った仕掛けを早耳屋の伴蔵に語り聞かせた。

その話を聞いた伴蔵が、

「笹塚様、この話、なにやら血の雨が降りそうな気配ばかりで、食いつきが悪うございますよ」

「断る気か、伴蔵」

「南町とは長いお付き合い、無下《むげ》に拒むとしっぺ返しが怖うございます。読売にするにはちょいと脚色が要りますな。それでようございますか」

「餅《もち》は餅屋と申すでな、そなたに任せる。われらとしては、能楽の丹五郎一味をお縄にできればそれでよい」

「ちと思案させてくださいまし」

「時間の余裕はないぞ」

「へえ、明日の夕刻までには、能楽の丹五郎一味が佃島沖に勢揃《せいぞろ》いする読売をでっちあげてみせますよ」

と早耳屋の伴蔵が請《う》け合った。

笹塚孫一の頼み事の御膳立《おぜんだ》てをした磐音が神保小路に戻ると、尚武館玄関前に見知った乗り物が止まり、陸尺《ろくしゃく》たちが主《あるじ》の帰りを待っていた。

霧子が磐音の姿を目に留めて、

「速水左近様が御城下がりの途次、お立ち寄りにございます」

「養父上に御用かな」

と応じた磐音は、

「弥助どのとそなたにいささか頼みがある。あとで離れ屋に顔を出してくれぬか」

と命ずると、枝折《しお》り戸を通って母屋に向かった。

母屋の居間では速水左近が玲圓と茶を喫していた。

「おお、戻ってこられたか。南町奉行所の面々と出掛けられたとおこんが申すで、帰りは遅かろうと思うておった」

「速水様、それがしに御用でございましたか」

頷いた速水が、

「瀬良家と神沼家の茶碗騒ぎの一件よ」

「落着いたしましたか」

「本日、城中で瀬良定満どのと神沼憲兼の双方を別々に呼んで、あれこれ話をいたした」

「瀬良様には、お分かりいただけましたか」

「鼠志野の茶碗、利休紅葉を神沼家から預かりおることを、失念しておったそうな。即刻、今宵にも神沼家に使いを立てると約定《やくじょう》しおった」

「速水様が、悪い噂が世上に立つと、本正月の日光への将軍家代参を辞退する破目になるが、と言い聞かされたそうじゃ」

すでに速水から話を聞いていた玲圓が言った。

「利休紅葉一碗と公方様の代理の社参では、迷われたでしょうな」

「迷うたところで、上様の御側御用取次の速水様が仔細を承知となれば、瀬良としてもお役大事。ここは一番、騙り取った利休紅葉を泣く泣く神沼家に返すしか手はないわ」

「いかにもさようです」

磐音が玲圓の言葉に首肯した。

「神沼憲兼を御用部屋に招いたが、今の時節、あのような人物が御家人におったのじゃな。茶道の知識は、それなりにそれがしも持っておるつもりであったが、神沼には到底敵《かな》わぬ。知識をひけらかすところもなく、ただ茶道の勉学が楽しい風情でな、人物も好ましかった」

「利休紅葉が返却されることには、なんと答えられましたな」

「それが実に面白い反応でな。また頭痛のタネがわが家に戻って参りますかとな、困惑の体《てい》であった」

「それはそれは」

磐音はまだ見ぬ神沼憲兼の風姿を思い浮かべようとしたが、脳裏に浮かばなかった。

「しばし考えた末、神沼は驚くべきことを言い出しおったわ」

「なんでございましょう」

「わが先祖、失態の儀ありて御納戸衆茶道具方を罷免させられ、以来、ご奉公叶わぬ身になりましたと申すでな、お役に戻りたいかと訊き返すと、いえ、お役はどうでもよきこと、城中の茶道具を後世のために整理いたし、自らの知識を生かして書物にして記録したい、それだけのお役を願いたいと答えおったわ」

「無易と号される面目躍如にございますな」

「さらに、先祖の失態の償い、瀬良家から戻ってくる利休紅葉と墓所に秘匿されておる高野紅葉の二碗を、城中の茶道具の一つとして寄贈したいと申すのじゃ。神沼家にあれば、いつまた茶碗を巡る諍いが再燃するやもしれず、城中の茶道具に加えられればその心配はないと、恬淡と申すのだ」

「お人柄が偲《しの》ばれます」

と言う磐音の言葉に、

「速水様は、近々幕閣の方々へ二碗の贈呈を報告し、憲兼どのに御納戸衆茶道学者として改めてお役を申し付けることを考えておられるそうじゃ」

「それはようございました」

磐音は冬桜を瀬良屋敷に見物に行った一件が御家人神沼家に春をもたらしたかと、胸の中《うち》に小さな温もりを感じていた。

三

「ところで、南町の御用はなんであったな」

速水が磐音の外出に興味を抱いて訊いた。

「速水様のお耳を煩《わずら》わす話かどうか」

と前置きした磐音は、南町の知恵袋の笹塚孫一が考え出した、能楽の丹五郎一味を釣り出す策を語った。話を聞き終えた速水左近が、

「ふっふっふ」

と笑い、

「牧野成賢どのの知恵袋、他人の褌《ふんどし》で相撲《すもう》を取るのが得意とみゆる」

と言った。

「それがし、いささか案じております」

「旧藩関前に迷惑がかからぬかと案じておられるか」

「いかにもさようです」

「読売屋が関わり、一枚嚙むとなると、あることないこと大袈裟《おおげさ》に書き立てよう。またそう仕向けねば、佐渡へ水揚げ人足として送り込まれ、三国峠を前に逃げ出してきた能楽の丹五郎と申す一味が、佃島沖に停泊する豊後関前の新造船に目をつけまいからのう」

「丹五郎一味が豊江丸を襲い、南町の反撃を受けて苦し紛れに火をかけでもしたら、江戸を騒がせることになり、また豊後関前の財政は傾きます。それにあることないこと書かれることで、福坂実高様が城中でなにかと風当たりが強くならね

ばよいがと懸念しております」

「そなたが旧主福坂様を敬い、案ずる心、昔と少しも変わらぬのう」

と答えた速水が、

「こたびのこと、関前藩はお上の御用を快くお引き受けくださるのじゃ。能楽の丹五郎なる悪党が江戸の内で無法を働き、さらには海に逃れて海賊行為を繰り返すようなことがあっては、公儀の面目丸潰《めんぼくまるつぶ》れじゃ。江戸の内海にある関わりの雇船を、義侠心《ぎきょうしん》から町奉行所に密かに貸し出してくださるものを、騒ぎが落着したのち、豊後関前にあらぬ噂が立ってもいかぬ。それがしが勘定奉行、町奉行の両者から幕閣に、かくかくしかじかの理由を似《もっ》て悪党ばらを一網打尽にする企てゆえ、世間に売り出された読売は真実《まこと》ではござらぬと、極秘に伝えさせておこう。この話、公儀が考えた江戸からの無宿人一掃に絡んでのことゆえ、それくらい豊後関前藩に気を遣うてもよかろう」

と請け合ってくれた。

「速水様、それがしの憂い、これにて省かれましてございます」

磐音が速水に礼を述べ、玲圓が、

「笹塚孫一どのの策の仕上げに一肌脱ぐ気か、磐音」

「養父上、尚武館の体面を汚しましょうか」

「いや、この玲圓、今少し若ければ悪党ばらを待ち受けて成敗してくれるのじゃが、まあ、若いそなたらに任せよう。せいぜい南町を手伝い、江戸町奉行所の心配を取り除いてやれ」

「はっ」

速水左近から豊後関前藩への心遣いを約定され、玲圓から存分に働けと鼓舞された磐音は、新造船豊江丸に傷一つつけることなく、なんとしても能楽の丹五郎一味を捕縛する決意を固めた。


その夜、磐音が床に就くと、湯上がりのおこんが離れ屋に戻ってきて、

「養父上様は大変なご機嫌で、夕餉までご一緒されるとは思いもしませんでした」

と言い出した。

玲圓が、

「速水様、安永《あんえい》七年（一七七八）も残り少なくなり申した。日頃のご心労も溜《た》まっておいででございましょう。時に政《まつりごと》を忘れて、酒でも酌み交わしませぬか」

と速水左近を誘った。

「それはなんとも誘惑される申し出かな。ならば供を屋敷に戻そうか」

「速水様、それがしがお送りいたしますゆえ、存分に酒を召し上がってくだされ」

と磐音が申し出た。頷く速水に磐音は尚武館の玄関前に出向き、乗り物と供侍を一人だけ残して一足先に返すという主の意思を伝えた。

速水左近と玲圓が酒を楽しみつつ、古《いにしえ》の武道や剣術家の話に屈託のない時を過ごす場に磐音も付き合い、少々酒を嗜《たしな》んだ。

二人の剣友は心おきなく好きな話に打ち興じて、四つ（午後十時）の時鐘が鳴り響くのに、

「おおっ、四つじゃぞ。そろそろ暇《いとま》せぬとな」

と言いつつもさらに半刻を過ごして、屋敷に戻った。乗り物の脇《わき》には、磐音や住み込み門弟の田丸輝信らが提灯《ちょうちん》持ちと護衛役で従った。

速水は好きな剣術話にご酒《しゅ》を過ごしたか、神保小路を抜ける頃には寝息が聞こえてきた。

供侍で一人だけ尚武館に残った速水家の若侍、猪熊源次郎《いのくまげんじろう》が、

「若先生、お内儀《ないぎ》様とおこん様がわれらのことにまで気を遣われて、夕餉を馳走になりました。若先生からくれぐれも宜《よろ》しくお伝えください」

と礼を述べた。

「それは気付かぬことであった。養母上《ははうえ》とおこんに、戻ったら礼を申しておこう」

と答えた磐音に、

「殿様がかように寛いでおられる姿、久しぶりにございます」

「養父上とならば、政の話は間違うても出ませぬからな。お好きな剣術話にああでもないこうでもないと興じられ、一年溜まりに溜まった心の凝りを解《ほぐ》されたのでござろう」

「御側御用取次は気苦労の多い職務にございます。それだけに、尚武館での息抜きがどれほど大切か」

と猪熊源次郎が磐音に言ったものだ。

神保小路に、風に乗って九つ（夜十二時）の時鐘が響いてきた。

鏡台の前からおこんが言った。

「速水邸に世話になったとき、私は養父上の清廉潔白の意思が門番小者にまで達していることを知らされました。それでも毎日のように、大名家や大身《たいしん》旗本家の留守居役やら用人方が頼み事にいらっしゃいます。それをすべて、政事向き城中人事の話は屋敷ではお断りしておりますと追い返されました。私が表猿楽町にいた折り、御三家のご家老様が家治様に意を伝えてほしいと見えられたことがありましたが、きっぱりと面会を謝絶なさいました」

「おそらくお断りする度に、速水左近様は胸の中で、よくせきお困りの上、屋敷を訪ねてこられたはずとの思いに悩まれておられよう。だが、一つ話に耳を傾ければ、物事は止めどなくなる。いずれにしても気遣いはお体によくない。速水様が心の休まるのは神保小路だけゆえ、おこん、うちに参られたときは、せいぜい娘役を愛らしく務めよ」

と笑った。

おこんは佐々木家に嫁ぐに際し、形式的にだが武家身分に成り代わるために速水家の養女になった。ゆえに速水もおこんを娘と呼び、おこんも養父と慕った。

神保小路に拍子木の音がして、

「火の用心、さっしゃりましょう」

の呼び声が響いてきた。

寝化粧をはいていたおこんが不意に磐音に顔を向けた。

「養父上がお帰りになる折り、おこん、やや子はまだかとお尋ねになりました」

「これぱかりはのう」

と答えながら、磐音の腕が布団から伸びて、おこんの手を摑んだ。

磐音は翌朝、近江大掾藤原忠広《おうみだいじようふじわらただひろ》を携え、だれよりも早く道場に立った。西の丸に出稽古に行く日が迫っていた。家基に、

「王者の剣」

を教え込むために磐音自身も真剣での動きを熟知しておかねばならないと、独り稽古ながら仮想の敵を考え、神経を張り詰め、気持ちを集中して忠広を尚武館の闇《やみ》の中で遣った。

半刻後、忠広を鞘に納めると、住み込み門弟らが道場の隅から磐音の真剣稽古を、息を呑んで見詰めていた。

「すまぬ、待たせたな」

「いえ、若先生の稽古ぶり、身が引き締まる思いにございます」

依田鐘四郎が磐音の言葉に応じた。

「師範、今朝はみえておられたか」

「若先生、奉公で座す時間が多く、腰から下の動きにちと違和を感じております。悪《あ》しき動きを直していただけませんか」

「こちらこそお相手願いましょうか」

磐音と鐘四郎、互いに手の内を知り尽くした者同士の打ち込み稽古だ。

見所前《けんぞ》での息をつく暇もない四半刻《しはんとき》(三十分)以上の攻防が展開され、阿吽《あうん》の呼吸で互いが、
すうっ
と竹刀を引いた。

「若先生、お蔭さまにて足の運びがだいぶ滑らかになりました」

鐘四郎が笑みで応じると、

「それがしも心地よい汗をかきました」

と磐音も礼を述べた。すると鐘四郎が磐音のもとに歩み寄り、

「西の丸様から、次の稽古日を楽しみにしておるとお言伝がございました」

と囁いた。

そのとき、門前で白山の吠《ほ》える声が響いた。門番の季助《きすけ》に制せられたか、白山の吠え声はやんだ。

「師範」

の声が尚武館に響いた。

若い門弟の神原辰之助《かんばらたつのすけ》が小走りに、磐音と鐘四郎のかたわらに姿を見せた。

「どうした、辰之助」

辰之助が磐音に会釈して、

「盲目の剣術家が、一手ご指南を賜りたいと門前に参られております」

「両眼とも見えないお方か」

はい、と答えた辰之助が、

「孫と思《おぼ》しい見目麗《みめうるわ》しい娘に手を引かれて、尚武館を訪ねてこられたのです」

「うちを名指しかな、辰之助どの」

「いかにも、直心影流尚武館の佐々木玲圓先生に一手ご指南をと繰り返しておられます」

「大先生にお伺いを立てます」

鐘四郎が、見所下で門弟の指導にあたる玲圓に相談に行ったが、すぐに戻って

きて、

「若先生、玲圓を名指しで来られた剣術家を追い返すわけにもいくまい、道場にお通しせよ、と命じられました」

辰之助がちらりと磐音の顔を見て道場の端を通り、玄関へと戻っていった。

「言葉どおり受け取って宜しいのでしょうか」

鐘四郎が磐音に尋ね、

「はて、なんとも判断がつきませぬ。まずはお目にかかりましょうか」

と応じるところに、十五、六歳の娘に片手を取られ、もう一方の手に竹杖《たけづえ》を持った老剣客が道場に入ってきて、戸口で足を止めた。

光を失った両眼を少し虚空に向け、尚武館の匂《にお》いを確かめる体《てい》で小鼻をくんくんと動かした。

還暦を六つ七つ過ぎた老齢だ。

身丈は五尺そこそこ、辰之助が孫と推測した娘のほうが一寸五分は高かった。

こちらは老剣客の手を引き、肩には刃渡り二尺余、朱塗りの柄、五尺ほどの薙刀《なぎなた》を持参していた。

辰之助が孫娘に何事か声をかけながら、見所前へと案内してきた。

磐音と鐘四郎もそのかたわらに歩み寄った。

「佐々木玲圓どのか」

掠《かす》れた声が問うた。

「いかにも佐々木玲圓にござる。お手前は」

顔じゅうの無数の皺《しわ》は長い修行の歳月を示しているかに見えた。

「日向《ひゅうが》の生まれ、タイ捨《しゃ》流丸目喜左衛門高継《まるめきざえもんたかつぐ》にござる」

磐音は心中驚きを隠し切れなかった。幼少の頃に剣に目覚めて以来、幾たび、日向の人、丸目高継の武名を耳にしてきたことか。

子供心に知る丸目高継は、すでに剣術家としては神格化された人物であった。人吉《ひとよし》街道加久藤《かくとう》峠で、武者修行の剣術家八人を相手に一人残らず斬り斃《たお》した決闘は、日向、豊後、肥後《ひご》一円で有名な話であった。

その加久藤峠の武勇は、磐音が生まれる以前、遥《はる》か昔のことと覚えていた。そして丸目高継が、盲目の剣術家とは、磐音は聞いたことがなかった。また磐音が関前の中戸《なかと》信継《のぶつぐ》道場で剣の修行を始めた頃には、なんとなく丸目高継はこの世の人ではないという世評が定着していて、磐音らも、

「日向の巨星丸目高継は過去の人」

と考えてきた。

その丸目が盲目の剣客として江戸の尚武館に突如姿を見せたのだ。

磐音には驚きを超えたものがあった。

「丸目高継どの、よう江戸に参られた」

「佐々木玲圓どの、一手ご指南願えようか」

「こちらからお願い申す。されどその前にいささか願いの儀がござる」

「ほう、佐々木玲圓どのも、いきなりは盲目の爺《じじ》武者とは対戦できぬと申されるか。ならばそれはそれでよし。孫が相手をいたし、尚武館の門弟ばらを床に這《は》わせようぞ」

怒りも露《あら》わに丸目が言い切った。

「お考え違いめさるな。それがし、門弟にそなたの相手をさせようというのではない。それがしの後継は日向とは隣国豊後の出でござってな、神伝一刀流《しんでんいっとう》中戸信継どのの弟子にござった。ゆえにそなた様のタイ捨流の教えを受けさせようかと思うたまでにござる」

「豊後関前の家臣中戸の弟子が、佐々木玲圓どのの後継となﾞ」

丸目高継の応答にはすでに磐音の身元を承知の様子があった。だが、玲圓はそ知らぬ振りを通し、磐音に命じた。

「磐音、丸目高継どのの教えを受けてみぬか」

「光栄にございます」

磐音は玲圓の指図に従い、

「丸目様、ご指導のほどを」

と願うと、

「歌女《うため》、相手をいたせ」

と丸目高継の相手はあくまで佐々木玲圓か、磐音の相手を孫娘と思える歌女に命じた。

歌女は丸目をその場に座らせると立ち合いの仕度に入った。

「歌女どの、道具はいかに」

「われら、武者修行の得物《えもの》はただ一つ、真剣にございます」

頷いた磐音は刀架に置いた藤原忠広を取りに向かった。鐘四郎がその磐音に従ってきて、

「若先生、ちと曰《いわ》くがありそうな」

「それがしもそう考えます。ですが、養父が了承なされた対戦にござれば、お受

けするしかございますまい」

鐘四郎も磐音の応答に頷いた。

藤原忠広を腰に差し、道場の真ん中に向かった。

門弟らは盲目の剣客と孫娘の二人組の申し出を聞くと、稽古を中断してそれぞれ東西の壁に引き下がっていた。

歌女は薙刀を小脇に抱えて磐音の待つ道場中央に出た。

「審判はいかがなさるな、歌女どの」

磐音は対峙《たいじ》した歌女が十五、六の少女ではないことを見ていた。一見、形《なり》は十代に見えたが、なかなかどうして甲羅《こうら》を経た女ではないか。

「真剣勝負に審判の要があろうか」

歌女は生死を分かつまで戦うと宣告していた。

二人は間合い一間で対峙した。

「いざ」

歌女が薙刀を下段に構え、磐音の足首を撫で斬る構えを見せた。これに対して磐音は、いつものように藤原忠広を、

「春先の縁側で日向ぼっこをする年寄り猫」

の風情で正眼に構えた。

その姿勢のままに互いが不動の姿勢を保った。

長い対決であった。

丸目高継の孫娘と思える歌女は、生半可な腕前ではなかった。磐音はそのことを対峙した瞬間に悟り、ならば相手の仕掛けを待って応対しようと覚悟を決めた。

四半刻、半刻と時がゆるゆると流れていった。

鐘四郎は見所前に座す丸目喜左衛門高継の様子に目をやった。見えない両眼を斜め右の虚空に預けたまま、尚武館に流れる気を読んでいる目付きか、と鐘四郎が考えたとき、丸目高継が、

「こほん」

と空咳《からぜき》をした。

四

初めて歌女の薙刀が不動の磐音の足元に向かって翻《ひるがえ》った。それは水が高きより低きに流れるように、滑らかに美しく移動した。そして、反《そ》りの強い切っ先が歌

女の手に持つ柄《つか》の操作で、

ぐいっ

と伸びてきて磐音に迫った。

磐音は不動の姿勢を崩さない。その一撃目が、磐音の体勢を崩すためのものと判断がついたからだ。

切っ先が磐音の稽古着の裾《すそ》を斬り裂き、体の右手に流れた。そこで鮎《あゆ》が奔流で身を躍らせるように翻り、磐音の膝《ひざ》から腰へと躍り上がった。

歌女はその場にあると見せて、身を磐音へと五寸ほど踏み込ませていた。

厳しい修行を経た者も、身を移すとなれば五体のどこかに移動を支える筋肉の動きが生ずる。

だが、歌女は筋肉一つ毛筋一本すら動かすことなく、身を滑らせるように五寸ほど前進して死の領域に踏み込んでいた。

磐音は不動の姿勢を崩して後ろに身を飛ばした。

それを待っていたように歌女が大胆に踏み込んできた。そして、小脇に構えられていた柄が両手に持ち替えられ、刃渡り二尺余の切っ先が、

びゅん

と刃風《はかぜ》を鳴らして、磐音が飛び下がった場を撫で斬った。

磐音はさらにふわりと飛び下がった。

歌女がそろりと踏み込んで薙刀を振るった。

この技の攻防が繰り返され、道場の見物の門弟らは驚きを隠し切れなかった。

磐音の不動の姿勢が丸目高継の孫娘と思える歌女の攻めにあっさりと破られ、後退を余儀なくされていた。これは言わば不動の、

「居眠り剣法」

が崩された光景ではないか。

歌女が振るう薙刀の刃の動きに遅滞はなく、なにより変幻自在にして敏速果敢、一瞬の付け入る隙《すき》もなかった。また五尺二寸余の身丈の歌女が、怒濤《どとう》の如く大きく振るう総長七尺五寸余の薙刀の刃《やいば》は鋭く、一撃ごとに、
ぐーん
と磐音に向かって伸びてきて反撃の機を与えない。

磐音は、門弟衆の驚きのざわめきの間から、丸目が発する、

「こほんこほん」

という空咳を聞き分けていた。

人形師が傀儡《くぐつ》を操るように、丸目高継が歌女を空咳の調子で自在に動かしているのか、と磐音は考えつつ後退を繰り返していた。

広い尚武館道場ゆえにできる防御法ともいえた。だが、広い道場も限界はあり、いつしか羽目板を背負うことになる。

磐音は玄関に近い出口を背に負ったことを意識した。

歌女の動きは変わらない。だが、追い詰めた者の昂《たかぶ》りが思わず一瞬、しなやかな細身から滲《にじ》み出た。

「こほん」

と歌女の背の向こうから丸目高継が空咳を発した。

「きええっ！」

初めて絹を裂くような気合いを発した歌女が踏み込んできた。

その瞬間、薙刀の刃の動きに合わせるように磐音が刃の内側に、そより

と入り込み、刃の数寸先に身を移しながら攻撃を避けた。

「おのれ」

歌女が小さく罵り声を上げた。

眉《まゆ》が吊《つ》り、形相《ぎょうそう》が鬼女へと妖《あや》しくも変化した。

再び薙刀が磐音の身を攻め込み、磐音が飛び下がるという攻防が繰り返された。

だが、今度は尚武館の床を大きく使い、楕円でも描くように、磐音の飛び下がる位置が直線から曲線へと変わっていた。

そのことをただちに察したのは、玲圓をはじめ、高弟らだけであった。

（なぜ若先生は反撃なさらぬ）

（反撃なさらぬのはその余裕がないからか）

（攻守を交代せねば負けるぞ）

（負けは死か）

と若い門弟の胸中でいろいろな考えが錯綜《さくそう》した。

（いや、若先生は反撃の機を窺うておられるのだ）

（いつのことだ？）

磐音の体が描く大きな楕円が半分の曲線を描き切り、再び、最前追い込まれた玄関前の戸口付近へと移動していった。

なんとも際限のない繰り返しだ。

だが、攻めに隙なく守りに綻《ほころ》びがないまま、最初の大きな楕円が完結しようとしていた。

(そろそろ若先生、なんぞ仕掛けられてよいはず)

依田鐘四郎は思ったが、磐音は飽くなき後退を繰り返して続けた。

いつしか丸目高継の空咳の間が早くなっていた。それにつれて刃がじんわりと加速され、磐音の身に迫り、時に切っ先が稽古着を裂いた。

それでも磐音は後退を止めようとはしなかった。

玲圓が片頰《かたほお》ににやりと笑みを浮かべた。

磐音の後退が描く楕円が最前より小さくなり、尚武館の床に巨大な渦巻きを生じ始めたからだ。

咳の間合いがさらに縮まった。

薙刀の攻めが一層早くなり、磐音の動きも間が詰まった。

それにしても歌女の強靭《きょうじん》さはどうだ。

五尺二寸余の細身が七尺五寸余の薙刀を迅速に振るって、一瞬の隙も遅滞も生じさせない技と体力は驚嘆に値した。尚武館で長年猛稽古を積んだ者でも至難の業《わざ》であり、体力だった。それを一見十五、六歳に見える歌女がこなしていた。

攻守の均衡が微妙な間でとられていた。

もし攻めか守りに破綻を来《きた》したら攻守が交代し、勝敗が決する。だれもが分かっていた。

不意にざわめきが起こった。

磐音の楕円の動きが、ある意図を見物の全員に感知させたからだ。

尚武館の床に大きな渦巻きを描く磐音と歌女は、蝸牛《かたつむり》の芯《しん》に到達したときに変化が生じるのではないか。

磐音が歌女を誘い込んでいた。

守るとみせて攻めていた。

そのことに、その場にある全員が思い至った。

玲圓は丸目高継の虚空を睨む見えない両眼が、無意味にもきょそきょそと動いたことを感じた。

空咳が忙《せわ》しなくなった。

歌女の薙刀の刃がさらに猛然と動きを早めた。すでに変幻微妙に繰り出される刃は、今や初心門弟の目には光の塊としか映らなかった。

磐音は丸目高継の咳の音と歌女の薙刀の迅速な刈り込みに合わせて、最後の渦巻きを完結させるべく尚武館道場の真ん中に戻っていこうとしていた。

今やその動きは、見物する者に壮大な能楽の舞でもあるかのような錯覚を抱かせていた。

攻めの歌女が主導していた両者の関わりは、いつしか明らかに、守りと思えた磐音の手に移っていた。

さらに空咳が忙しなくなり、刃は光となって磐音の身に迫った。

刃に裂かれた稽古着が千切れて飛んだ。

渦巻きが中心に向かって一気に収束し、歌女がそれまでの律動を崩して大胆に踏み込んだ。

磐音の心臓を右から左へ、ぐさりと両断するように薙刀の刃を振るった。

その瞬間、道場の真ん中に旋風《つむじかぜ》が立ち昇り、磐音の体が高々と虚空に舞い、空中で鮮やかに前転すると、
そより
と尚武館の床に舞い降りようとした。

歌女が、

「ござんなれ」

とばかり薙刀を斜め上空に斬り上げた。

この直後、正眼の構えを固守していた近江大掾藤原忠広が初めて力を得て、伸び上がってきた薙刀の千段巻《せんだんまき》を、

ばさり

と斬り割った。

「ああっ」

歌女の口から悲鳴が洩れた。

忠広がさらに流れて歌女の額に止まり、磐音がその前に音もなく飛び降りた。

歌女の両眼が狐《きつね》のように吊り上がり、間近に降り立った磐音を驚きの眼で見た。

二人は近間から睨み合った。

攻め続けた歌女は今や荒く弾む息を肩でして、顔は歪《ゆが》んでいた。

後退を余儀なくされ続けてきた磐音の息は平静を保ち、顔には静かな笑みが浮かんでいた。

がくん

と歌女の両膝が尚武館の床に崩れ落ちた。

磐音がその場からすいっと身を引いた。

「おのれ」

歌女が歯軋《はぎし》りをして磐音を睨み、

「斬れ、斬り捨てよ」

と叫んだ。

「歌女どの、直心影流尚武館の剣は人を斬るために非《あら》ず、活かすための剣にござる」

ことん
と音がして竹杖を握った丸目高継が立ち上がり、

「豊後に人あり、中戸信継と噂には聞いておったが、かような弟子を育て、江戸に送り込んでおったか」

と言葉を洩らした。

「歌女、われら、出直す」

と宣言すると、歌女は手に残った薙刀の柄を床に投げ捨てて丸目高継の下に走り寄り、その手を引くと、
そろりそろり
と尚武館の見所前から玄関へと向かった。そして、戸口の前でくるりと尚武館を振り返ると、

「佐々木玲圓、佐々木磐音、このままでは捨て置かぬ。後日、改めて丸目高継、そなたらの命、貰い受ける」

「丸目喜左衛門高継様、養父に先んじてまずはそれがしがそなたのタイ捨流、お受け申す。よろしいか」

磐音の問いかけにしばしの間があって、

「受けた」

の声が高継の口から洩れて竹杖に縋り、孫娘に手を引かれた一代の剣客が尚武館から姿を消した。

粛然として道場に声なく、森閑の気配が支配した。

道場の中央に立っていた磐音が見所下に立つ玲圓に向かい、一礼すると、藤原忠広を鞘に納めた。

稽古が再開された。

霧子が磐音のかたわらに寄ってきて、

「お刀を」

と受け取ろうとした。そして、

「歌女は、下忍《しのび》の技を持った女かと存じます」

と囁いた。

霧子は幼いとき、雑賀衆《さいかしゅう》の手によって攫《さら》われ、忍びの技を叩き込まれる暮らしをしてきた娘だった。

「どの辺りの下忍か推量つくか」

「西国肥後、火の山阿蘇《あそ》に、遊摩《ゆま》衆なる忍び集団がいると聞いたことがございます。その配下の女忍びは風車が如き動きの薙刀を遣うと、雑賀衆に身を寄せた旅人から聞きました」

忍びは忍びを知る、歌女の無限の力に忍者集団の技を見抜いていた。

「尾《つ》けますか」

「いや、あの二人、好きにさせよ」

「畏まりました」

磐音は刀を霧子に渡すと遼次郎を手招きして、指導を始めた。

「驚きいった次第じゃ。三、四十年前に江戸でも武名を轟《とどろ》かせた丸目喜左衛門高継が生きておったとは」

母屋の居間で速水左近が口火を切った。

その場には佐々木玲圓、そして古い門弟が三人いた。その三人は玲圓の先代を師と仰ぎ、今ではだれもが隠居の身で、剣術の稽古も時に木刀を振る程度のことしかしていなかった。

だが、昔懐かしさに時折り尚武館を訪れ、後輩らの稽古を見ては自らの若い時代と重ね合わせていた。

「速水どの、それがし、宝暦《ほうれき》（一七五一～六四）の頃、福岡城下で丸目高継は身《み》罷《まか》ったと聞いた覚えがござる」

と言い出したのは、筑前秋月《あきづき》藩五万石黒田家の槍奉行を務めていた下座《げざ》五右衛《ご え》門《もん》だ。

「宝暦年間といえば二十年も前のことじゃな。以来、あの者、どこへ隠れ潜んでいたか」

と受けたのは、同じく隠居の身の和泉伯太《いずみはかた》藩一万四千石の家臣だった井戸小弥《いどこや》太《た》だ。

「玲圓どの、あれがタイ捨流薙刀術かのう」

三人目の老人は御家人相楽《さがら》家の隠居で、楽翁《らくおう》と号している相楽逸馬《いつま》だ。

「ご隠居方、それがし、タイ捨流の薙刀がいかなるものか存じませぬ。ただなんとのう、違う気もいたします」

「タイ捨流と違う剣風に、晩年の丸目高継の生き方が隠されているように思えますな」

と速水左近が答えたとき、磐音が朝稽古の指導を終えて顔を見せた。

「若先生、ご苦労であった」

と下座五右衛門が磐音を労った。

「ご隠居方に心配をおかけいたし、申し訳ございませぬ」

磐音は対決が長引いたことを詫びた。

「なんの、そなたがあの女を引き摺《ず》り回したで、われら、存分に対決を楽しんだわ。のう、相楽の隠居」

「おう、それそれ。小娘の風車が如き薙刀遣いも見物であったが、若先生の巧妙な罠《わな》に嵌った歌女の泣き面も見物であったわ」

三人の隠居は好き放題に感想を述べ立て、満足げな様子で母屋を後にした。残ったのは速水左近と、佐々木玲圓、磐音の父子だ。

「霧子が、歌女の薙刀の動きに西国肥後の下忍遊摩衆の技が加わっているのではないかと耳打ちしてくれました」

「得心のいく話よ」と玲圓が応じた。

「さて、真《まこと》に佐々木玲圓どのを狙《ねろ》うてのことか、あるいは別の企《たくら》みがあってのことか」

と速水左近がそのことを案じた。

「それがしと玲圓どのが親しきことは御城内外で知れ渡った話。となると」

と速水が口を噤んだ。

その先は言わずもがな、玲圓にも磐音にも察せられた。

江戸では十代将軍家治の後継を巡り、英邁《えいまい》な家基を押す一派と、家基に十一代の座に就かれては城中での影響力が薄れる田沼派との間で暗闘が繰り返されていた。

速水左近は西の丸家基が滞りなく十一代将軍位に就き、幕府開闢《かいびゃく》以来百七十有余年を過ぎて、屋台骨が揺らぎかけた幕藩体制の箍《たが》の締め直しに期待をかけていた。

もし丸目高継と歌女が田沼派の傭兵《ようへい》となれば、新たな危難が迫ったことになる。

「速水様、丸目様方がどのような企てで江戸に入ったかは、推察するしかございますまい。それがしが歌女と手合わせした感触から申せば、丸目高継様は武術家として最後の舞台を求めて江戸入りしたような気がいたします。となれば、必ずやそれがしか、養父の前に姿を見せるはず。そのときこそわれらが雌雄《しゆう》を決するときかと存じます」

「速水どの、それがしも磐音と同じ考えを持ちました」

「待つしか手はないと言われるか」

「あの者に人を送り込めば送り込むほど、死人の山を築くことになりましょう」

「盲《めしい》の丸目高継、剣技衰えておらぬか」

「両眼を失いて心眼を得られたと感じましたが、養父上、この儀いかに」

「空恐ろしき腕前には違いあるまい」

と玲圓が言い切り、

「お二人のお力にこたびも縋るしかござらぬか」

と速水左近が丸目高継、歌女との決着を願った。

第三章　武左衛門の外泊

一

早耳屋伴蔵が腕を振るった読売が江戸市中に売り出された日、磐音の姿が神保小路から消えた。おこんには、

「いささか御用で数日留守をいたす。案ずるな」

と言い残していた。

おこんは笹塚孫一が尚武館に姿を見せて、白山にまで、

「おうおう、そなたが白山か。なかなかの面構え、武名高き尚武館の門前を守るにふさわしい番犬であるな。これだけの風格のある犬は江戸広しといえどもおるまいぞ」

と愛想を振りまいたと季助に聞いたときから、南町がなにか厄介事を持ち込んだことを覚悟していた。だから、その内容も聞かず、

「お気を付けて」

と応じて、羽織の下に綿入れの小袖《こそで》を着せて送り出した。

読売をわざわざおこんのもとに届けてくれたのは、品川柳次郎《しながわりゅうじろう》だ。内職の荷を問屋に届けた帰りに下谷広小路で読売屋の口上が耳に入り、つい買い求めたというのだ。

おこんはわざわざ神保小路まで立ち寄ってくれた柳次郎に礼を述べたあと、

「尚武館のことが書いてあるのですか」

とそのことを気にした。

そもそも読売の記事は、火事、心中、敵討《かたきうち》が三大話と相場が決まっていた。その他、全身毛むくじゃらの雪男が会津磐梯山《ばんだいさん》で捕まったとか、品川沖に体長二十間を超える大鯨が迷い込んだとか、大袈裟な読み物が客の評判を呼んだ。まず男臭い道場の話題が読売のネタになることはない。だが、おこんは、尚武館佐々木家がお城と密かな繋がりがあることを気にして問うたのだ。

「いえ、そうではありません」

柳次郎が顔を横に振り、

「佐々木さんの旧藩、豊後関前のことが、晴れがましくも取り扱われているのです」

と握り締めてきた読売をおこんに差し出した。

「豊後関前のことが読売に載るだなんて」

おこんは柳次郎の手から読売を受け取って開いた。すると最初に、佃島沖に停泊する千石船の光景が目に入った。関前藩の千石船の帆は下ろされていたが、艫《とも》に幟《のぼり》が上がり、そこには確かに豊後関前藩御用船と書かれてあった。

読売は見立番付風に書かれており、

「新版三百諸侯長者鑑《かがみ》」

とあった。

「ここを見てください」

と柳次郎が指したのは、東の大関だ。そこにはなんと麗々しくも、

「豊後関前藩福坂家六万石」

と堂々と認《したた》められているではないか。

「なんてこと。豊後関前藩が、御三家や加賀様、薩摩《さつま》様など数多《あまた》の大藩雄藩を差

しおいて東の大関だなんて」

おこんは、急いで読売を読み始めた。

〈瑞穂《みずほ》の国に三百諸侯がその威をあれこれと競っておられますが、このご時世、内実は大坂の鴻池《こうのいけ》を始めとする豪商に首根っこをぐいっと押えられてあっぷあっぷしておるのが真実にございます。

ところが世間は広いもので、三百諸侯の中には商人《あきんど》まがいに領内の物産を江戸や上方などに運び込み、収益を上げておられる殿様もおられます。その一つが豊後関前藩の福坂家にございまして、正月を前にして周防灘《すおうなだ》から瀬戸内を通り、熊野、遠州灘、駿河沖と、冬場に荒れることで名高い海を乗りきって、見事ただ今、江戸は佃島沖に千石船を着けられております。

ご存じのように正月前は、干し鮑、鰹節、いりこ、干し椎茸など乾物が飛ぶように売れる時期にございます。今年は特に陸奥から蝦夷の海産物が不良と聞いております。

豊後から持ち込まれた乾物は高値で取引きされたとか。関前藩の実入りは一船千両は下るまいと都雀《みやこすずめ》に噂されております。

この早耳屋の伴蔵が、関前藩の物産所組頭どのに密かに問い合わせましたところ、江戸で稼いだ金子は明日にも船出する新造船で豊後関前に持ち帰るとか。また途中の立ち寄り先の大坂では、領内で捌《さば》く正月用品をたっぷり買い込んでいかれるとか。近頃の大名家は商人並みになかなか抜け目がないことでございます〉

と声を出して読んできたおこんは、

「こんなことを読売に書いて売れるのかしら。よくも豊後関前藩がお許しになったわね」

「おこんさん、だから佐々木さんにご注進をと飛んできたんです」

「磐音様は、御用で数日留守をすると出掛けられましたけど」

と答えたおこんは、

「あっ!」

と驚きの声を洩らした。

「先日から南町の笹塚孫一様が尚武館に姿を見せられて、白山にまでおべんちゃらを言って帰られたわ。そのことと、この読売、関わりがないかしら」

「おこんさん、それに間違いない。あの大頭与力がなんぞ策を弄《ろう》して、佐々木さんを引っ張り出したんですよ」

と柳次郎が答えておこんと顔を見合わせた。だが、磐音の南町奉行所への助勢とこの読売がどう関わるか、二人には推測もつかなかった。

もう一人、この読売に目を留めた人物がいた。今では二本差しの浪人暮らしを捨て、磐城平《いわきたいら》藩安藤《あんどう》家下屋敷の門番の職を得た竹村武左衛門だ。用人安藤家のお仕着せの印半纏《しるしばんてん》を着込み、背に木刀を差し込んだ武左衛門は、猿渡孝兵衛《さるわたりこうべえ》に、小梅村から深川上大島町まで使いを命じられ、猿江町の木場まで戻ったところだ。すると木場職人が読み捨てた読売が風に乗って武左衛門の目の前に飛んできて、つい拾った。

「なになに、新版三百諸侯長者鑑じゃと。ふむふむなになに、な、なんと豊後関前藩が東の大関じゃと、そんな馬鹿げた話があろうか。数年前までは莫大《ばくだい》な借財を負って、わが友坂崎磐音が藩政改革に乗り出したほどの貧乏藩じゃぞ。もっとも今ではその坂崎磐音も神保小路の尚武館の若先生におさまり、名も佐々木磐音と改名しおって、今小町のおこんさんを嫁女にし、貧乏などとは無縁という顔をしておる。待てよ、この読売にはなんぞ裏がありそうな」

と考え込んだ武左衛門は、

「なんとも金の匂いがしてくるではないか。こいつを見逃す手はあるまい」

と嘯《うそぶ》くと、お仕着せの半纏の懐に読売を突っ込み、小梅村に戻る足をくるりと大川河口の越中島へと向け直した。

すでに冬の陽射しは西に傾き、深川界隈には薄闇《うすやみ》が迫っていた。

磐音と笹塚孫一は、新造の豊江丸を、豊後関前藩物産所組頭中居半蔵の案内で見物して回っていた。

半蔵はどことなく不機嫌な様子で、それを糊塗《こと》するためにことさら新造船の説明に熱を入れている様子があった。

その新造船には磐音も驚かされていた。

船長は千石船とさほど変わりない。だが、船幅があって喫水《きっすい》が深く、いかにも安定がよさそうな船だった。

「磐音、幕府は未だ大船建造を許されておらぬでな、豊江丸も千石船と称しておるが、実質千五百石は楽々積み込める。それでいて船足が速いのは、主帆の他に副帆、弥帆で風を拾う工夫がなされておるゆえだ。また甲板は揚げ蓋方式を改め、ヤグラ板と甲板の二重蓋で水密を高めておる」

半蔵がどんどんと、固定された甲板を草履《ぞうり》で踏んだ。

「荒波が甲板上に上がってきてもすぐに排水ができるよう、垣立て下の各所に穴を開けてある」

　と半蔵が示した。

　垣立てとは舷側《げんそく》のことだ。

「さて船倉を見てくれ」

　と手燭《てしょく》を手にした半蔵が、艫櫓下《ともやぐらした》の扉から船倉への梯子段《はしごだん》に案内していった。磐音の後に笹塚孫一が珍しく黙り込んで従っていた。

「船倉は船底、中棚、上棚と三層に分かれて、それぞれの床板も頑丈で、また大波でも荷が動かぬ工夫がされておる。見よ、この網を」

　麻縄で編まれた網で荷を固定する仕掛けを見せた。

　荷を包むように網で固定するのであろう。また、舳先《へさき》から艫へ船倉を三つの壁で仕切り、一つの船倉が海水を被《かぶ》っても隣の船倉に被害が及ばぬようになっていた。

「中居様、これまでの正徳丸とは雲泥の船にございますね。これならば少々の時《し》化《け》でも乗り切れましょう」

「そう海を甘く見てもいかぬがな、まずまずの船ではないか」

　と半蔵が胸を張った。

「佐々木どの、中居どの、新造船に感心しておる場合ではないぞ。早耳屋の伴蔵が書いた読売、今一つ迫力に欠けておらぬか。これで能楽の丹五郎一味を引き寄せることができるかのう」

不意に笹塚孫一が手燭の灯《あか》りに読売を差し出し、磐音の注意を喚起しようとした。

だが、なぜか半蔵が笹塚の言葉を無視して、さらに説明を続けた。

「磐音、なんと申しても新造船の一番の特徴は、船幅があるで並の千石船よりも五割増し以上の荷が積め、尻の大きな女のように据わりがよくて、荒れる海で安定していることだ」

半蔵はこれまでの自慢を念押しするように繰り返した。そして、不意に笹塚孫一にその視線を向け直した。

「笹塚どの、そなたがそれがしに言われたのは、この新造船を二、三日貸してほしい。いや、佃島沖を一歩たりとも動かさぬでもよいし、関前藩にはなんの迷惑も生ぜぬというお言葉でござったな」

とこれまでとは違う険しい口調で詰問した。

「まあ、そのようなことを申したかのう」

「いや、それ以上でもそれ以下でもないお言葉できっちりと約定なされた。それがし、普段世話になる南町奉行所ゆえ、どこぞの悪党を引き付ける策とかに、藩には内緒で独断にて乗り申した」

「はあっ」

「しかるに、お手持ちの読売はどのような次第にござるな。それがし、読売の話など一切耳にしておりませぬぞ」

「これは悪党を引き寄せる手立ての一つでござるよ。われらの御用は、どうしても隠密裏《おんみつり》に事を運ぶ要がござってな」

「笹塚どの、旧知の間柄ゆえ忌憚なく申し上げる。それがし、読売に接して仰天し申した。この読売の見立てによれば、わが藩が数多の三百諸侯を抜いて、東の大関に番付されておる。わが藩は外様《とざま》中藩、高々六万石の大名家にござる。数年前までは上方、江戸の商人に莫大な借財があったほどにござる。また昨今、磐音らが考え付いた物産所が軌道に乗り、ようやく一息ついたというのが実情にござる。この読売の内容では、うちが抜け荷でもして、一航海に何千両も儲《もう》けておるような書き方ではござらぬか。幕府に目を付けられたら、どうなさるおつもりか。騒ぎになれば、この中居半蔵一人が腹掻き切っても、おさまりますまい」

「いえいえ、中居どの、これは幕閣も関わる悪党退治の一環。なんじょう幕府より豊後関前藩にお叱りなどござろうか。のう、佐々木どの」

「笹塚様、早耳屋に参った折り、それがし、ご注意申し上げたはず。この読売の一件にそれがしを巻き込まずにいただきたい」

「佐々木どのとしたことが、なんとも冷たいではないか。それがしとそなたは、これまでも幾度となく艱難辛苦《かんなんしんく》をかい潜り、悪人ばらを捕えて手柄を重ねてきた仲。こたびは巻き込むなどとは殺生ではないか」

三人が言い合うところに、捕り物仕度の木下一郎太が姿を見せて、

「笹塚様、手配りすべて終えましてございます」

と報告した。そして、すぐに陰悪な様子を察して、

「それがし、読売には一切関わりがございませぬ」

と呟くと船倉から引き返そうとした。

「一郎太、そなたまでわしを見限るか」

と笹塚孫一が大きな溜息をついた。

「磐音、そなたも同道しておったなら、なぜ読売にわが藩の名が出るようなことを許した」

最前まで豊江丸を自慢していた中居半蔵の態度は一変して険しく、磐音にその矛先が向かった。

中居半蔵が長の藩物産所の事業が利潤を上げて、藩財政好転に貢献しているときだけに、半蔵と物産所商売には一際、

「武家方にもあるまじき行い」

と厳しい目があることを磐音も承知していた。

だが、藩主の実高と国家老坂崎正睦が全面的にこの事業を認めて促進している以上、反対派は黙しているしかない。

だが、この読売がきっかけで、

「わが藩の物産所商いを大々的に読売に書くことを中居半蔵は認めたか。その横暴独断許し難《がた》し」

と声を上げることも容易に想像できた。

「中居様、迂闊にございました」

笹塚が早耳屋の伴蔵に読み物を一任したことに立ち会いながら、読み物がどのような書かれ方をするか、磐音はうっかりと見過ごしていた。

それだけに言い訳のしようもない。

ただ、能楽の丹五郎一味を一網打尽にしたい笹塚の立場を考えれば笹塚にも一理あり、また中居半蔵の藩での立場や苦労を承知している磐音としては、どちらか一方だけに与《くみ》するわけにもいかなかった。

「中居様、今宵、能楽の丹五郎一味がこの船を襲うようならば、すべては豊後関前によき風が吹いて参りましょう。ともあれ、今宵一夜時を貸してくださいませぬか」

「ふうっ」

と半蔵が溜息をついた。

「そなた、この読売の効果で、真実《まこと》悪人ばらがわが藩の雇船を襲うと考えておるのか」

「それがし、早耳屋の伴蔵どのの筆力を信じるだけにございます」

「今宵現れず、明日明後日と長引くようならば、家中で騒ぎが起こるは必定《ひつじょう》。中居半蔵の進退極まったり。磐音、そのこと肝《きも》に銘じておけ」

と言い残すや、半蔵は手燭を手に船倉から甲板へと上がっていった。するとその暗闇《くらやみ》に磐音、笹塚孫一、木下一郎太の三人が残された。

「それがしもこの読売を読んだ刹那《せつな》、いささか拙《まず》いと思うた。だが、もはや後の祭りでな」

と闇から笹塚の言い訳が聞こえた。

「ともあれ今宵一夜に、われらの命運をかけましょうか」

磐音の言葉に、

「うーむ」

という笹塚の返事が切なく響いた。


武左衛門は越中島で、運よく知り合いの船頭壮八《そうはち》の荷足《にたり》舟を見付けた。荷揚げ人足をしていたときの仲間だ。

「壮八さんや、どこに参られるな」

「おや、竹村の旦那《だんな》、異な格好だね」

「これか。もはや浪人暮らしは飽きたでな、さる大名家の下屋敷の門番に鞍替《くらが》えをしたのじゃ。もはや旦那ではなく、ただの武左衛門だ」

「その武左衛門様がなにをしようというのだ」

「佃島に渡りたくてな。だがこれから鉄砲洲に参っても渡しは終わっていよう」

「乗りなせえ。馴染みの頼みだ、佃島に送り届けるぜ」

「助かった」

武左衛門は、荷足舟に飛び乗った。すると壮八が竿《さお》を操り、船を大川河口へとぐいっと押し出し、櫓《ろ》に替えた。

「佃島のどこに着けるな」

「東島の漁師町に頼もう」

「島の東を回れってか。えらい遠回りじゃな」

壮八の荷足舟は鉄砲洲河岸が船着場だ。

「そう申すな。わしが功名を立てたら馳走するでな」

「旦那よ、食い詰めて門番に落ちぶれたんだろ。功名もなにもあるものか」

「門番では出世はできぬと申すか」

「あったりまえだ。門番はわれら船頭人足と同じよ、人並み以下だぜ。竹村の旦那、出世しようなんて考えがかけらでもあると、ご奉公をしくじるぜ」

「頭の中では分かっておるのだ。だがな、どうもすっきりと」

「しねえか」

と応じた壮八が、

「旦那、佃島に博奕《ばくち》に行くんじゃあるめえな。また女房子供を泣かせることになるぜ」

「博奕だと、駒札《こまふだ》に替える金も持たぬわ。それがしの知り合いの船が佃島に停泊しているんでな、見物に行くところだ」

「見物とはおかしいぜ。正直に言ってみな、旦那」

「見物ついでになんぞおこぼれはないかと考えているのじゃ」

「どうせそんなところだと思ったぜ」

得心した壮八が石川島の東を回って、佃島の東島と西島の間の水路に荷足舟の舳先を突っ込ませた。

二

灯《とも》りを灯した御用船が豊江丸からゆっくりと離れ、大川河口へと漕《こ》ぎ出していった。

御用船には豊後関前藩の雇船を見廻りに来た体《てい》の年番方与力が陣笠《じんがさ》をかぶって胴の間に座し、その前後に同心、小者たちが乗船していた。

豊江丸の船上には船頭ら数人の人影があり、御用船を見送っていた。だが、御用船が闇に紛れると慌《あわ》ただしく夕餉の仕度をする炊煙が立ち昇り始め、苫《とま》屋根が葺《ふ》かれた船上で数人が車座になって腹拵《はらごしら》えを始めた。

「中居どのはえらいご立腹であったな」

船頭の格好をした男の声がしたが、すぐにはだれも答えなかった。言わずと知れた笹塚孫一の声だった。

車座の中に立てられた蠟燭《ろうそく》がただ一つの灯りだ。そのせいで車座になった男たちの顔が仄《ほの》かに浮かび、背は闇に沈んでいた。

「佐々木どの、これほどの宝船が佃島沖に停泊しておるのだ。能楽の丹五郎一味は必ずや目を付ける、そうであろう」

「笹塚様、そうあることを望みます。そうでなければ」

水夫姿でかたわらに木刀を携えた磐音の声が途切れた。

「そうでなければ、どうなるな」

「笹塚様方には関わりなきことですが、それがし、中居様から絶縁を申し渡されましょう。その程度のご処置ならばよいが、中居様の身になにかあったら、それがし、福坂実高様になんと申し開きしたらよいものか、合わせる顔もございません」

「物事を、そう悪いほうにばかり考えることもあるまい。早耳屋の伴蔵の筆の走りはもはやどうにもならぬ」

笹塚の居直りともとれる返答に、人の輪から溜息が洩れた。

こちらも水夫に身を窶《やつ》した木下一郎太の洩らした溜息だった。

「笹塚様、今宵の企てがしくじりに終わるとき、もはや私は八丁堀には戻れません。ということは瀬上菊乃《せがみきくの》さんともお別れ」

「一郎太、そなたまで嫌味を申すな」

「笹塚様が佐々木さんの苦衷《くちゅう》も察せず居直られるゆえ、嫌味の一つも言いたくなります」

「たしかに伴蔵の筆は、豊後関前の内情に大仰に触れすぎたやもしれぬ。ひるがえって考えればじゃ、それだけ真《まこと》の、かつ旨みのある話と丹五郎らには聞こえよう。それに、今宵江戸じゅうの旅籠《はたご》や煮売り酒屋などを役人が回り歩いて、客の人別を調べている。奴ら、いよいよ江戸の町から追われて、この海上に逃げるしか手はあるまい。いよいよ、わしが創案した能楽の丹五郎一味の捕縛公算が高まったというものじゃ」

船頭姿の笹塚孫一が胸を張った。小柄の身に潮風に汚れた綿入れを着込み、手《て》拭《ぬぐ》いで大頭に鉢巻をした姿である、指の先ほどの威厳もない。

ほんものの船頭、水夫衆になり代わって豊江丸に残ったのは、磐音と南町奉行所の面々五人だ。

佐渡の水揚げ人足を嫌い、三国峠で護送中の一行から逃げ出し、江戸に舞い戻って海に活路を開こうとする能楽の丹五郎一味を待ち受け、捕縛しようという五人だが、なんとも情けない格好だ。

「なんとしても姿を見せてくれぬことには、南町奉行所始まって以来の醜態、面目丸潰れ。われら一同、世間様に顔向けできません」

一郎太の声も元気がない。

「一郎太、酒でも飲んで景気をつけよ」

笹塚が自ら貧乏徳利を摑み、一郎太の茶碗に注《つ》ぎ、次いで磐音に差し出した。

「それがし、遠慮いたします」

一郎太が、磐音の返事に茶碗酒を膝の前に置いた。酒の匂いに混じり、新造船の木の香りが漂った。

「なんじゃ、そのほうら、付き合いが悪いな」

笹塚が自らの茶碗に残った酒を一息に飲んで、噎《む》せた。

その様子を、磐音も一郎太も黙って眺めていた。

磐音が意気消沈しているのは、中居半蔵の藩内での立場を考えてのことだ。安易に笹塚孫一の企てに乗った自らを磐音は責めた。そして、心の中《うち》で、

（どうか笹塚様の考えが的中しますように、中居様の憂いが消えますように）

と八百万《やおよろず》の神に祈った。

一頻《ひとしき》り噎せた笹塚孫一が、

「一郎太」

と呼んだ。

「そなた、最前女性《によしよう》の名を口にしなかったか」

「いえ、そのようなことは」

笹塚の矛先が変わったので一郎太が慌てた。

「いや、確かに聞いたぞ。瀬上菊乃さんとか、言いおった。菊乃と申せば、北町の与力瀬上菊五郎《きくごろう》どのの娘ではないか。あの娘、出戻ってきたのではなかったか」

「出戻りで悪うございますか」

「なんじゃ、その態度は。出戻りを出戻りと申して、どこが悪い」

「人にはそれぞれ事情というものがございます。笹塚様のようにそう一概に出戻りと決めつけるのは、失礼にございます」

「北町与力の娘にえらく肩入れするではないか。ははーん、一郎太、あの出戻りに惚れておるな」

「出戻りに惚れてはいけませぬか」

　場が険悪になってきた。

「ご両者、お待ちあれ。ただ今、われらは一丸となって能楽の丹五郎一味の襲来に備えているところにござる。内輪揉《も》めしている場合ではござらぬ」

「よう言うた、佐々木どの。一郎太めがあれこれとくどく言いよるで、ついむきになってしもうた」

「笹塚様、瀬上菊乃どのは尚武館にもおいでになりましたが、実に賢く愛らしい女性《にょしょう》にございます。木下どのとは幼馴染《おさななじ》みで、互いに気心も知れておられます。それがしもおこんも、木下どのと菊乃どのの仲睦《なかむつ》まじい様子に感じ入りました。笹塚様、向後、お言葉にはご注意なされたほうが宜しいかと存じます」

　磐音の思わぬ反撃の言葉を聞いた笹塚が、

「うっ」

と喉を詰まらせた。

「今宵はなんともこの笹塚孫一の旗色が悪いぞ。冬場の池の鯉《こい》のようにじっと、死んだふりをしているしかないか」

笹塚が呟いて、溜息をついた。

佃島の漁師町の一角に灯りが一つ灯っていた。

漁師や水夫らが集う煮売り酒屋で、けばの立った畳では、風待ちには小便博奕も開かれようという店だった。

武左衛門は印半纏の懐から巾着《きんちゃく》を引き出して触り、銭が百十数文入っていることを確かめた。そして、手拭いで頰被《ほおかぶ》りをすると、縄暖簾《なわのれん》を大きな体で掻き分けた。

客の目が新しい客を見た。

武左衛門は七、八坪《つぼ》の広さの土間の隅に陣どり、

「酒をくれ」

と願った。

「へえ、ご新規さん、正一合」

台所と店の境に立っていた小僧が奥へ叫び、顔を武左衛門に向け直して、

「菜はなにになさいますか」

と訊いた。

「菜か。夕餉を食してきたばかりで満腹ゆえ、酒だけでよい」

と答えた武左衛門の腹が、
くうっ
と店中に響いた。

「豆造《まめぞう》、うちは前払いにございますと願って銭を先に貰え」

酒屋の主《あるじ》が小僧に言い付けた。

「へえっ」

豆造と呼ばれた小僧が武左衛門のそばに来て、鱗割れの手を差し出した。

「小僧、飲み逃げすると思うたか」

「いえ、うちではどなた様も前払いなんですよ」

「一合いくらか」

「へえ、二十文にございます」

「高くはないか」

「佃は島にございます。渡し代も込みでございます」

武左衛門は巾着から銭を掌《てのひら》に出し、一文二文と数え始めた。

「お客さん、端《はな》っから二合頼めば、三十六文とお得になりますよ」

「なに、二合だと三十六文か。よし、三十六文支払うゆえ手を出せ」

武左衛門は豆造に銭を払い、ほっと安堵した。すると武左衛門を訝しげに見詰める目と合った。

「なんだ、やっぱり竹村の旦那か」

茶碗を持ったまま眠り込んでいたらしい人足仲間の茂十爺《もじゆうじい》が笑いかけた。すると前歯がすべて抜けた口が開き、よだれが垂れた。器を手にした茂十爺がよろよろと武左衛門の前に移ってきた。

「旦那、なんで、中間《ちゆうげん》みてえな格好をしてんだよ」

「それがし、武士を捨て、さる大名屋敷の門番になったのじゃ」

「門番だって。なら、それがしはおかしいぜ」

そこへ豆造が二合徳利を運んできた。

「なんだ、茂十爺さんの知り合いか」

「おお、人足仲間の竹村の旦那だ。それが屋敷奉公に落ちぶれて門番だと」

「うるさい」

武左衛門は徳利を摑み、盃《さかずき》に注いだ。すると茂十が手にした茶碗を差し出した。

「なんだ、その手は」

「助けたり助けられたりの仕事仲間じゃねえか」

くそっ、と罵り声を上げた武左衛門が茶碗に半分ほど注いだ。すると茂十の手が徳利の底をぐいっと持ち上げ、なみなみと茶碗に注ぎ足した。

「なんともついておらぬ」

茶碗の酒をくいっと飲んだ茂十が、

「旦那、なにしに佃島に来た」

「知り合いの船を探しに参った」

「知り合いとはどこの船だ」

茂十の問いを無視しようとした武左衛門だが、一杯、酒を胃の腑《ふ》に落としたら忽《たち》ち気が大きくなった。

「豊後関前藩六万石の雇船だ」

と答えていた。

「新造の船じゃな」

「なにっ、新造船か」

「それも知らねえのか」

武左衛門は茂十の問いを無視して酒を注いだ。それを見た茂十が、残った茶碗酒を急いで飲み干し、徳利に手をかけた。

その手を武左衛門が押さえた。

「おれの飲み料だ」

「けち臭いことを言うな。旦那も豊後関前藩のおこぼれに与《あずか》ろうと佃島にやってきたんだろ」

「なにっ、そなたもか」

茂十が武左衛門を睨んだ。

「ああ読売に書かれたんじゃ、だれだって目を付けるぜ。いや、おれはよ、ただ、荷積みの下働きでもねえかと思ってよ」

「茂十、どこに停泊しておる。豊後関前の新造船は」

「あとで案内《あない》すらあ。だから、酒を少々恵んでくんな」

武左衛門は茂十の茶碗に少し注いだ。

「旦那、相変わらずしみったれてるな」

「そなたに言われとうはない」

武左衛門は茂十の茶碗にもう少し注ぎ足した。すると二合徳利が空になった。

「豆造、もう一本だ」

茂十が勝手に頼んだとき、縄暖簾が揺れて、旅仕度の男たちが五、六人煮売り酒屋に入ってきた。絹物の羽織を着た頭分《かしら》が店を見回し、

「座敷を借り受けますよ」

とゆったりとした言葉遣いで言った。

武左衛門は懐が温かそうな男になんとか取り入って酒のおこぼれをと考えたが、血走った目の剣客を見て、その考えを捨てた。

どこかで時鐘が鳴った。

四つ（午後十時）か。心の中で刻限を気にしていた武左衛門は、屋敷の門はもはや閉じられておるなとそのことを気にした。だが、もはやどうにもしようがない。

さらにどれほどの時が流れたか。

武左衛門と茂十は、結局二合徳利を三本飲み干し、未だ膳《ぜん》にへばり付く茂十の肩を抱えて、煮売り酒屋の外に出た。

茂十の腰はふらつき、武左衛門にしなだれかかった。

「しっかりせぬか。豊後関前の船はどこに碇《いかり》を下ろしておるのだ」

「な、なんだって」

「茂十、忘れたか。豊後関前の船がどこに停泊しておるか承知であろうが、教えよ」

「旦那、そんなこと忘れてもう一本熱燗《あつかん》を注文してくれ」

「それがしの巾着には、もはや酒代は残っておらぬ」

「二合徳利はだめだが、一合なら足りる銭が残っていたじゃねえか」

「酔っ払いのくせに、よう他人の懐を見ておるな」

「旦那だってよ、新しく入ってきた客に取り入ろうと考えたろうが」

「そこまで見抜かれておったか」

「同じ穴の狢《むじな》だ、考えることは一緒だ」

「何者だ、あやつら」

「初めて見る面だぜ。竹村の旦那、あいつらには近寄らないほうがいいぜ」

佃島から越中島の沖にかけて千石船が何十隻も帆を休めていた。そんな船の中には怪しげな連中を乗せた帆船もあった。

分かっておると答えた武左衛門は、茂十の体を引き離し、

「小便をする」

と河岸に歩いていった。

佃島は東島と西島に分かれ、その間に水路があって橋が架《か》かっていた。

水路に向かって小便を始めたかたわらに茂十がよろめいてきて、連れ小便を始めた。

武左衛門らがいた煮売り酒屋は東島の一角にあって、二人は西島への橋の袂《たもと》にいた。

「旦那、見ねえ」

と小便をしながら、水路の南側を茂十が指した。

月が江戸の内海を照らし、その月明かりに、明らかに新造船と思える船影が舫《もや》われていた。

「あれが豊後関前の雇船か」

「豊江丸だ。おれも荷揚げ人足としてあれこれ帆船は見たが、あれだけの造りはねえぜ。豊後関前藩は内所が潤っているのかねえ」

と茂十が洩らした。

武左衛門は小便のしずくを切ると身震いした。酒は村醒《むらさ》めだったらしい。

「近くで見てみたい」

武左衛門は東島から西島に架けられた木橋を渡らず、東島の水路に沿って、すでに寝込んだ漁師町を南の海へと向かった。すると茂十もよろよろと武左衛門に従ってきた。

二人は佃島東島の南端に立った。

豊後関前藩の新造雇船は、二丁も先の海上に碇を下ろして停泊していた。

「確かに船のかたちが変わっておるぞ」

「水夫らが自慢していたが、あのずんぐりとした船体で船足が速いのだと。それに千石船と称してるが、千五百石の荷を積み込めるそうだぜ」

「坂崎磐音め、町道場の主などに収まらず、豊後関前藩にいればよかったものを。さすればこの竹村武左衛門を、門番ではのうて士分に取り立てるくらいの親切心をかけられたろうに」

と呟いた。

「竹村の旦那、豊後関前藩を知ってるのか」

「それがしの朋友がその昔家臣だったのよ。今では町道場主に収まっておるわ」

「それじゃなんの繋がりもないな」

「あの船に小判がざくざくと積み込まれているというのにのう。われらにはなんのおこぼれもないか」

二人の足元の水路で一隻の苫船がぎしぎしと船体を軋《きし》ませた。

「寒いな、茂十」

「明け方までこの苫船を塒《ねぐら》にするか、旦那」

「たれも乗っておらぬか」

「この様子では無人じゃな」

茂十はひょいと河岸《かし》から苫船に飛び降りると苫の中を覗《のぞ》き込み、月明かりに透かしていたが、

「旦那、夜具もあれば酒もある」

「人はいないのだな」

「いないな」

「ならば一夜の宿と願うか」

武左衛門もえいやと、印半纏の裾を翻して苫船の舳先に飛び降りた。

芝増上寺《ぞうじょうじ》の切通しの鐘か、あるいは横川の鐘撞《かねつ》き堂の鐘の音か。江戸八百八町の家並みを伝い、波を越えて豊江丸の船上に伝わってきた。

灯りを消して船は眠りに就いているように見えた。

笹塚孫一ら五人の面々は息を凝らし、能楽の丹五郎一味が豊江丸を襲いくることをひたすら待ち受けていた。だが、その気配はまるでない。

三

吐息が洩れた。

笹塚孫一が洩らす吐息は、だんだんと切迫感を増していた。その吐息に込められた意味を、船上に潜むだれもが承知していた。

時間《とき》が無益に流れ、明け方を迎えれば、能楽の丹五郎一味が船を乗っ取りにくる可能性が低くなる。万事休すだ。そして、豊後関前藩の中居半蔵が南町奉行所に示した厚意が藩内で牙《きば》を剝《む》かれることになる。

だれの心にもそのことが重くのしかかっていた。

(待つしかない)

磐音は己の心に言い聞かせて、ひたすら無言不動の構えで変化を待ち受けていた。ただ両手は静かに握ったり開いたりを繰り返していた。

豊江丸の停泊した沖合からわずか二丁ほど離れた佃島東島の南端水路に、大きな鼾《いびき》が響いていた。

竹村武左衛門と茂十爺が苫船の中で見付けた貧乏徳利の酒を飲み干し、高鼾で眠り込んでいる姿だ。

ひたひた
と複数の足音が苫船に近付いてきて、鼾の音に訝しげに足を止めた一人が河岸道から船中を覗き込んだ。

「親分、煮売り酒屋にいた中間と爺が船に潜り込んで、図々しくも眠り込んでいやがる」

酒臭い息が船の外まで漂ってくるような鼾だった。

「そんなことだろうと思いましたよ」

とのらりくらりの丹五郎が返事をして、海に向かって小便を始めた。すると、
ちらちら
と雪が夜空から舞い落ちてきた。

「寒いはずですよ、江戸は雪です。早く南の海に下りたいもので」

丹五郎のどことなくゆったりした口調の背後に非情が隠されていることを、子分たちは身震いするほど幾度も見せつけられていた。

三国峠下で水揚げ人足の一行から逃げ出したあとのことだ。

丹五郎は江戸への路銀を稼ぐために押し入った先で、平然と人を殺《あや》めてきた。それは女子供でも容赦をしない徹底ぶりで、丹五郎の命《めい》を拒んだ子分の一人は、その場で丹五郎の手にかかって背中から突き殺されていた。

「親分、始末して海に投げ込みますかえ」

まず苫船の艫にそっと飛び降りた腹心の伊蔵《いぞう》がお伺いを立てた。

「中間は大男やったな。気付かれて暴れられても敵《かな》いませぬ。沖合の船を乗っ取ってから船頭らと一緒に始末しても、遅くはありますまい。豊江丸に気付かれたら元も子もないでな」

「ならば乗ってくだせえ。こやつら、叩き起こしたって起きる気遣いはございませんぜ」

能楽の丹五郎以下七人の面々が、豊江丸を乗っ取る心積もりで苫船の舳先と艫に分かれて乗り込んだ。

舫い綱が外され、元千石船の水夫をしていた若者が櫓を握り、水路を離れて沖合の新造船へと向けられた。

雪は海上に出て急に激しさを増した。

横殴りの雪で、波を伝い吹き上げてくるようで逃亡者の身を凍らせた。

七人はこれからの大仕事を前に、苫船に隠してあった短槍《たんそう》を取り出し、吹き付ける雪嵐に向かって穂先を繰り出したり、長脇差《ながわきざし》の柄に用意の白布を巻いたりと余念がなかった。

豊江丸に残っている水夫は五、六人と昼間確かめてあった。寝込みを襲うのだ。これまで丹五郎一味が急ぎ働きをしてきた押し込みと変わりはない。

水夫らを叩き殺して碇を上げ、帆を張って月明かりの江戸から逃亡する、それだけのことだ。

読売には豊後関前の雇船は新造船で、江戸で売り上げた乾物の代金千両余りが積まれているという。

船と小判が手に入れば西国に向かい、どこぞの島に塒を見付けて弁才船を襲う海賊に鞍替えするか、抜け荷商売をやるか、悪の種は尽きることはない。また船と人手があれば稼ぎに困るとも思えなかった。

なにより江戸を離れれば、それだけ役人が手薄になる。大名領から天領、天領から他の大名領に逃げ込めば追尾の手は逃れられるというのが、丹五郎の計算だった。

ひと仕事のあと、乗っ取った新造船に帆をかけて浦賀の瀬戸へと下る、それだけのことだ。

能楽の丹五郎は舳先近くの船縁《ふなべり》に立ち、片手で苫船の屋根を摑んでいた。屋根には鎌、鍬、木槌《きづち》など道具が差し込まれていた。この苫船も、横川筋に舫われていたのを昨日のうちに盗んだものだ。

屋根の下から聞こえてくる高鼾の一つが不意にやみ、がさごそと夜具が擦《こす》れ合うような音がした。

丹五郎が見ていると、冬眠をしていた熊《くま》が穴ぐらから這い出すように大男の中間が舳先に出てきて、

「寒いと思うたら、雪か」

と呟いた。小便でもする気か。

「おや、茂十、いつのまにか苫船が海に流されておるぞ」

武左衛門は苫屋根の下に言いかけたが、茂十の鼾がやむ様子はない。

「呑気《のんき》な爺だ」

と呟いた武左衛門は、舳先に立ち上がろうとして気付いた。

舳先にしゃがんでいた剣術家の請田丈右衛門《うけたじようえもん》がにたりと笑い、短槍の穂先を武左衛門に向け、突きかけようとした。

武左衛門の喉がごくりと鳴り、悲鳴を上げかけた。

咄嗟《とつさ》に丹五郎の手が苫屋根に差し込まれていた木槌を掴むと、悲鳴を上げかけた竹村武左衛門の後頭部を、
がつん
と殴り付けた。武左衛門の体がくたくたと、槍を扱《しご》こうとした請田の前に崩れ落ちた。

「請田先生、ここで叫ばれて船に知られたら厄介ですよ」

「さすがは丹五郎親分、始末を心得ておられる」

「大事の前には細心の注意が要ります」

能楽の丹五郎は木槌を苫屋根に柄から突っ込み、戻した。

苫船は豊江丸に接近していた。

海から吹き上げる雪の間に豊江丸の船体が大きく聳《そび》えている。丹五郎の手下《てか》た

ちが縄の先に手鉤《てかぎ》の付いた道具をくるくると回して、豊江丸の船上に投げ上げた。

磐音らは、雪が激しさを増した海を伝いくる奇妙な音に気付いた。

最初、それが鼾の音とは気付かなかったが、明らかに酒に酔い潰れて寝込んだ鼾の音だった。

「佐々木どの、まさか奴らではあるまいな」

笹塚孫一が囁いた。

「なんとも申せませぬな」

船を乗っ取ろうとする一味が酒に酔い食らい、眠り込んだ仲間をそのままに襲い来るものか。

不意に大鼾がやみ、鼻づまりした鼾だけが残った。

海の上になにか緊張の気配が漂った。だが、それがなにか、暗がりに潜む磐音らには推測がつかなかった。

船の櫓の音が大きく聞こえるようになったあと、甲板に投げ込まれた手鉤が一郎太の目の前に転がってきたのが雪明かりに見えた。

それを手際よく拾った一郎太が、帆柱を立てる筒柱に絡ませた。

綱が引かれて、ぴーんと張られた。

磐音が木刀を手に動いた。すでに水夫の形《なり》は捨てていた。羽織の下の小袖はおこんが用意してくれた綿入れだったが、さすがに雪の降る船上の寒さには震えがきた。

磐音は悴《かじか》まぬように動かし続けてきた拳《こぶし》で木刀を握ると、ぴーんと張られた縄のかたわらに立った。

船縁を伝い上る気配がして、猿のように一人の男が飛び込んできた。帆船の構造に慣れていると見えて、片膝で甲板に着地すると左右を確かめた。そして、口に銜《くわ》えた短刀を片手に摑んで立ち上がったところで磐音に気付き、

「うっ」

と呻《うめ》き声を洩らした。

「待っておった」

磐音の木刀の切っ先が鳩尾《みぞおち》に突っ込まれてくたくたと倒れかかった。その体を同心の一人が抱え込み、そっと甲板に横たえた。

「やはり来おったぞ、佐々木どの」

未だ頰被りをして船頭姿のままの笹塚孫一が喜色を浮かべた。

相手はなにか不審を感じたか、続いて飛び込んでくる気配がない。

その代わりにぴーんと張っていた綱が緩《ゆる》み、さらに新たな手鉤が船上に二つ三つと飛んできて、それぞれが船上の垣立てに食い込み、人影が次々に飛び込んできた。さらに二人が豊江丸に乗り込んできて、最後に羽織の男が悠然と船上に姿を見せた。

「添次郎《そえじろう》、どうした」

羽織の男が、最初に乗り込んだ仲間を案じたか、甲板を見回した。

その瞬間、豊江丸のあちらこちらに船行灯《ふなあんどん》の灯りが灯された。

雪が吹き付ける船上で二組の男たちが睨み合った。

「能楽の丹五郎よのう」

笹塚孫一の声が響き渡った、と言いたいが、寒さに震える声が問うた。

「いかにも能楽の丹五郎です。おまえさん方はだれですね」

「南町奉行所にその人ありと謳《うた》われる年番方与力笹塚孫一である。丹五郎、神妙にいたせ。お上にも慈悲がないわけではないぞ」

と頬被りをとったところまではよいが、寒さに鼻汁が垂れた。

「なんてことですね。あの読売は南町奉行所の大頭どのの仕掛けにございましたか」

さすがは佐渡に送られる水揚げ人足の一行から脱走を試み、一味を率いて江戸に舞い戻ってきた頭分、平然としたものだ。

「請田先生方、罠に嵌められたようでございますが、勝負は最後まで分かりませんよ。相手は五人、うちは六人。大頭与力一味を始末して海に押し出せば、こっちのものだ」

「よかろう」

請田と仲間の二人が槍や刀を構えて、あくまで豊江丸を乗っ取る構えを見せた。能楽の丹五郎も長脇差を抜き放ち、手下二人も刃物をちらつかせた。

「請田先生、ひと思いに短槍の穂先の錆《さび》にしておくんなせえ」

丹五郎の言葉に、請田の短槍がくるくると頭上で回され、笹塚孫一に迫った。

その前にそろりと磐音が立ち塞がった。

「木端《こっぱ》役人、ござんなれ」

磐音は木刀を正眼に置いた。

その背後から笹塚が叫んだ。

「そのほうら、よおく聞け。木端役人と睨んだその人物、江都《こうと》に名高き神保小路の直心影流尚武館道場の佐々木磐音若先生であるぞ。そのほうらが束になってかかっても敵う相手ではないわ！」

ここが勝負の分かれ目と腹の底から絞り出した大音声が、雪が吹き荒《すさ》ぶ船上に響き渡った。

「なにっ、尚武館の若先生じゃと。相手にとって不足なし」

よほど槍術に自信があるのか、請田が短槍の回転を止めて穂先を磐音の胸板にぴたりと付けた。

次の瞬間、短槍が鋭くも突き出され、磐音の木刀が弾いて乾いた音を立て、それが乱戦の合図になった。

請田はなかなかの腕の持ち主で、揺れる船上で短槍を自在に突き、払い、殴り、さらには迅速に操り、隙を見せなかった。

槍の突き合いと木刀の打ち合いが丁々発止と繰り返された。

「佐々木どの、老体にはいささか斬り合いはしんどい。早う始末して助勢をいたせ」

と笹塚の悲鳴が船上に響いた。

「今しばし」

磐音は笹塚に答えると相手の穂先の引きに合わせて、

そより
と柄《つか》の内側に入り込んで、柄を握る手をぴしりと叩いた。

「うっ」

と呻いた請田が思わず槍の柄を放すところ、さらに踏み込んだ磐音が請田の額を叩いてその場に転がした。

「請田どの、打ちとったり！」

磐音は味方の一郎太らを鼓舞するために叫んでいた。すると笹塚孫一が、

「勝鬨《かちどき》なんぞを上げている場合ではない。こっちの命が危ないわ！」

と能楽の丹五郎に船縁まで押し込まれ、悲鳴を上げた。

「ご助勢つかまつるか」

「つかまつるかなどと問う前に、丹五郎を始末してくれぬか」

「ならばこれより」

丹五郎が笹塚孫一に最後の一太刀を振るって笹塚の体をよろめかせ、甲板に転がした。そうしておいて豊江丸の舷側に舫った苫船を覗き込み、

「あぁっ！」

と悲鳴を上げた。

請田が倒されて事が破れたと悟った丹五郎は、船で逃げようと考えを変えていた。それで苫船を確かめたのだ。すると苫船は豊江丸から離れて、波間にゆらゆら揺れていた。そして、櫓を大男の中間が握っているのが見えた。

「船を返せ！」

丹五郎の悲鳴に印半纏を着た大男が、

「おまえらの考えなどお見通しだ！」

と叫び返していた。

磐音はどこかで聞いた声だと思いながら、丹五郎に迫った。

「能楽の丹五郎、もはやそなたらの企ては破れた。覚悟いたせ」

「しゃらくせえや。だれが佐渡金山の水揚げ人足になんぞなるものかと仲間を募り、逃亡したときから、末は栄耀栄華《えいようえいが》か獄門台かと、覚悟をつけてきた能楽の丹五郎様だ。町方に加勢する町道場の若先生風情に召し捕られるものか。斬るなら斬りやがれ」

と長脇差を振りかざして磐音に突進してきた。

磐音が木刀で長脇差を払ったところに豊江丸が横波を食らい、ぐらりと揺れて丹五郎が、

とっとっと

と船縁の笹塚孫一のほうへよろめいていった。

荒い息を静めていた笹塚孫一が慌てて丹五郎の身を避けようと、手にしていた十手を突き出した。それがうまく鳩尾にあたり、

「ぐゅっ」

という奇妙な声を洩らした丹五郎が背中から海へと落水していった。

雪交じりの風が吹き荒び、内海とは思えないほど波浪が立っていた。

丹五郎は一度海面に顔を上げた。泳ぎができないのか無闇《むやみ》に両手を振り回していたが、すぐに波に呑まれてぶくぶくと沈んでいった。

「能楽の丹五郎、南町奉行所年番方与力笹塚孫一が討ちとったり！」

再び勝鬨が船上に響き、頼みの親分と用心棒剣客を討ちとられた丹五郎一味は次々に手にしていた得物を投げ捨て、捕り物に決着がついた。

磐音は後始末を一郎太に任せ、波間に揺れる苫船を見やった。すると雪明かりと船上の灯りに頬被りをした大男が櫓を漕いでいるのが見え、だんだんと豊江丸に接近してきた。

印半纏に見覚えがあった。なんと竹村武左衛門が苫船の櫓を操っていた。

「竹村さん、まさか能楽の丹五郎の配下に雇われたのではないでしょうね」

「それがし、今でこそ二本差しをさらりと捨てた身じゃが、出自《しゅつじ》を辿れば伊勢津《つ》藩藤堂家のれっきとした武士じゃぞ。渇しても盗泉の水は飲まぬわ」

と武左衛門が叫び返した。

「疑うて相すみません。それにしても竹村さん、なにゆえここにいるのですか」

「そう申すな。それがし、読売を読んでな、かくいうこともあらんと助勢に参ったのだ。あやつらに海に逃げられてみよ、捕まえるのは大変であったぞ。苫船を豊後関前藩の新造船から離した武左衛門の機転も認めよ」

磐音が溜息をついた。するとかたわらに身を寄せてきた笹塚孫一が、

「竹村武左衛門、虚言妄言を吐くでないぞ。読売に書いてあった小判の余禄《よろく》にありつかんと、佃島沖に潜り込んだのではないか」

武左衛門が窮したように黙り込み、

「ちぇっ、同じ穴の狢の笹塚の旦那は、こちらの気持ちまでようお見通しだぞ」

と叫び返した。

「悪党一味の頭分は捕えたか」

武左衛門は丹五郎の落水を見落としたか、訊いてきた。

「丹五郎は海に落水したわ」

「ならばそれがし、これより急ぎ南町奉行所と豊後関前藩まで、首尾を知らせに走ろうぞ」

と櫓を操りながら武左衛門が叫び返した。

「今宵の竹村は気が利いておるのう」

笹塚の満足げな返答に頷き返した武左衛門が櫓を転じようとしたとき、茂十爺がよろよろと姿を見せ、

「なんだ、竹村の旦那、船が沖に流されてるじゃないか」

と言いながら体をよろめかせ、武左衛門の体に縋りついた。すると印半纏の帯が解け、懐から布袋が苫船の床に落ちて、
ジャラジャラ
と小判が散らばった。

「うっ」

と訝しげな声を上げた笹塚孫一が、

「待て、竹村武左衛門、その小判、どうしおった。そなた、盗人一味の上前をはねんという魂胆か。この笹塚孫一が厳しく詮議してくれん。船を戻せ、戻すのじ

や！」

と命じ、武左衛門ががっくりと艫に膝を突いた。

四

佃島の海に朝の光が戻ってきて、雪もやんだ。すると最前まで荒れていた江戸の海は穏やかに静まった。

漁師町の屋根に、名残の雪がうっすらと積もっていた。

海を見ながら磐音は、なぜか千鳥ヶ淵の冬桜はこの雪に散り残ったかと考えていた。

「佐々木どの」

と言いながら、胸を張った笹塚孫一が、佃島西島の漁師町の一角に南町奉行所が借り受けていた煮売り酒屋に入ってきた。

土間には囲炉裏《いろり》に火が入り、そのかたわらに、しょぼんとした竹村武左衛門と茂十爺がいた。そして、磐音は漁師家の戸口に立って、何事もなかったように停泊する豊江丸を眺めていた。

磐音は意気揚々とした笹塚孫一に、

「後始末は終わりましたか」

と尋ねた。

「豊後関前藩物産所の面々が船に入られ、なんの異常もないことを確かめられた」

と満足そうに笹塚が応じた。

「能楽の丹五郎一味、豊江丸を襲う」

との南町奉行所からの知らせを受けた中居半蔵らが、早速豊江丸に駆け付けて乗り込んだのは半刻（一時間）前だった。

「中居様も少しは安心なされたことでしょう」

「あとは任せておけ」

「笹塚様、豊後関前藩の顔が立つようにしていただけましょうな」

「明日になってみよ。豊後関前の株が大いに上がり、江戸じゅうがその心意気に称賛の嵐よ」

と笹塚が言い切った。

だが、磐音には不安が残っていた。

笹塚は磐音の心底を知らぬげに、じろりと竹村武左衛門を睨んだ。

「さてと、竹村氏、いや、安藤家下屋敷の門番に奉公されたゆえ、姓で呼ぶのはいささかおかしいか。武左衛門さんや、おぬしがお仕着せの懐で暖めておった小判は包金三つのほか、ばらの一両、一分金できっかり百七十三両二分あった。あの金子、おぬしの持ち物とは申すまいな」

笹塚の嫌味に武左衛門が無精髭《ぶしようひげ》の生えた顔を力なく上げた。

「もはや承知のくせに」

「能楽の丹五郎らが江戸に舞い戻る道中、押し込みなんぞで貯め込んだ金子を、そなたが横取りしたというわけだな」

「笹塚どの、それがし、横取りなど考えたこともないぞ。酔い潰れて苫船で一夜を明かそうとしておるところに、胡乱《うろん》な者どもが戻って参った。それがし、風体を見てこやつら、怪しげな奴よと感じたで、ひっ捕えて南町に差し出さんと立ち塞がったと思われよ」

「ほうほう、それは勇敢なことよ。それから」

笹塚が鼻先で相槌を打ったが、武左衛門はさらに言い募った。

「それがし、苫船で獅子奮迅の働きをいたしたが、なにしろ多勢に無勢、武運つたなく頭を殴られて気絶してしもうた。どれほど時が過ぎたかのう、波飛沫《なみしぶき》が顔にかかり、意識を取り戻したと思われよ。それがし、しばらくなにが起こっておるのか、どこに転がされておるのかも分からなかった。それで手をがさごそと動かしておると、あの包みが指先に触ったのじゃ」

「すぐに金子と分かったか」

「縞《しま》の布袋に入っていようが、小判の感触は格別。たれもが気付く」

「そこもとは特にのう」

笹塚の嫌味に武左衛門が顔を顰《しか》めたが、さらに言い訳した。

「そこでふと気付いたのだ、これは悪党どもの隠し金ではないか。それにしても奴ばら、どこに行ったかと考えておるうちに、頭上から乱闘の気配が伝わってきてな、その刹那、それがしの頭が実にはっきりとしてきた。この苫船は悪党どもの足、ならば豊江丸から離しておいたほうがよかろうと判断いたし、頭の痛みを堪《こら》えて、苫船を引き離したのだ。この冷静なる決断があればこそ、南町は悪党どもを一人残らず一網打尽に手柄を立てられたのでござろう」

「いかにもいかにも」

「笹塚どの、なんだな、その軽々しい返事は」

と武左衛門はいきりたったが、笹塚は平然としたものだ。

「おぬしももはや承知であろうが、頭分の能楽の丹五郎はそれがしの一撃を受けて海に墜落いたし、溺《おぼ》れ死んだわ」

「すべて笹塚どのの手柄と言われるか」

「武左衛門さんや、そなたとは永い付き合いゆえ、そなたがあの場でどう考えたかくらいはお見通しじゃ。なにを考えて豊江丸に近づこうとしていたか知らぬが、丹五郎一味の苫船に潜り込んだのは、なかなかの運と申しておこうか。そなたが言うように獅子奮迅の働きをしたとは思えぬが、さすがは武左衛門さん、丹五郎の盗み金を見つけるとは、なかなか鼻が利いておる。厄介なのはその先でな」

「その先とはなんでござるな」

「懐に入れて、豊江丸から離れ、密かに佃島に逃げようと考えたのはどういうわけじゃな」

「笹塚どの、この武左衛門、形《なり》は門番でも心根は恥を知る武士にござれば、佃島に逃げようなどとは努々《ゆめゆめ》考えなかったぞ」

「ほう、われらが船上より声をかけた折り、苫船の舳先を島に向けていなかったか。小判が散り落ちたときのそなたの驚いた顔はなんだ。あれをなんと申し開きするな」

「いや、船上でなんぞ争いが展開しておるで、それがし、御用の筋に届けようと佃島に苫船を向けたところでな。まさか豊江丸に笹塚様と南町の猛者《もさ》連、尚武館の若先生が乗船していようなどとは、夢想だにしなかったゆえ、驚いた次第にござる」

「あれこれと言い訳なさるな。猫ばばしようとした小判が懐からするりと落ちて、残念至極であったな」

「いや、あれはしかるべき筋に届けようと、一時懐に預かっただけのことにござる。真《まこと》じゃぞ、のう、佐々木さん、そう思わぬか」

「竹村さん、あの場を見咎《みとが》められては、なんとも弁解のしようもございますまい。笹塚様をごまかすのは無理です。これまでの長い付き合いに免じて無理は申されまい。もはや観念なされ」

「佐々木さん、観念しろとはどういうことだ」

と武左衛門が恨《うら》めしげに磐音を睨んだ。

その視線の先に磐音の悲しげな顔があった。

「そなたまでそれがしを疑うておるのか」

「いえ、そうではござらぬ。品川さんの親切で奉公なされた安藤家の門番の仕事を打ち捨てて、何用あって佃島に参られたか。その魂胆がそれがし、悲しゅうござる」

うっ、と武左衛門が返事に詰まった。

悄然《しょうぜん》と肩を落とした武左衛門が囲炉裏端に両手をかけた。その姿勢でしばらくじいっとしていたが、

「もはや安藤家の奉公はだめかのう」

磐音も即答はできずに笹塚孫一の顔を見た。

「手下どもを大番屋に送る前にざっと尋問いたした。武左衛門の旦那が一旦懐に入れた金子、能楽の丹五郎一味が上州金古《かねこ》の宿場の破れ寺で催された賭場を襲い、強奪したものと分かった。さすればあの百七十余両、まず持ち主は名乗り出まい。そうは思わぬか、佐々木どの」

笹塚の問いに磐音は答えなかった。答えは分かっていたからだ。

「まあ、金子の半分ほどを勘定方に差し出し、残りは南町の探索費用に回すことになろうな」

磐音は笹塚の顔を見た。

「そのような哀《かな》しげな表情をいたすな。賭場で遊ばれていた金子が、江戸で悪人ばらを捕縛する費えになるのじゃ」

「喜ばしいと仰せですか」

「そうは申さぬ」

と答えた笹塚孫一の眼が、今やしょんぼりと囲炉裏端によりかかる竹村武左衛門にいった。

「武左衛門の頭に一時悪い考えが浮かんだことはたしかじゃが、その金子の半分を南町が探索費用に入れるとなると、武左衛門の働きに功績がなかったわけではない」

笹塚の言葉に希望を見出したか、武左衛門の顔が、ぱあっと輝いた。

「佐々木どの、こやつの首が繋がるようにそなたが付き添い、なんとか用人に言葉を添えてくれ。それがしの名を出してもかまわぬぞ」

武左衛門の視線が笹塚から磐音に移った。思わず磐音は、

「ふうっ」

と溜息をついた。

「笹塚様、豊後関前のことくれぐれも願いますぞ」

「この足で下谷広小路に早耳屋の伴蔵を訪ねるわ。楽しみにしておれ」

磐音は笹塚に頷き返すと、

「竹村さん、小梅村に参りましょうか」

と誘いかけた。

「なんとかなるかのう」

「なんとかせねば、勢津《せつ》どのや早苗どのの弟妹が路頭に迷うことになりましょう」

「勢津は怒っておろうな」

「まずは、なんとしても用人の猿渡様に得心してもらわねばなりませぬ」

磐音は武左衛門の心配には答えず、こう応じた。

「武左衛門さんや、最後に忠告をしておこう。佐々木どのが口を利いておるときに、決してあれこれと口出しをするでないぞ。そなたが喋《しゃべ》れば喋るほどぼろが出ると思え」

笹塚が言い、磐音に、

「徹宵して佃島から小梅村まで参るのは辛かろう。御用船を使え」

と許しを与えた。

「参りましょうか」

と磐音が言いかけると、かたわらから茂十が、

「竹村の旦那、おれはどうなる」

と言い出した。

「茂十、昨夜《ゆうべ》、そなたに酒をたかられたのが運のつきだ。どこへとなり消えよ」

囲炉裏端から武左衛門がよろめき立った。

磐音は台所と土間の境の縄暖簾から顔を突き出した小女《こおんな》を呼んで、一朱を渡し、

「茂十どのに朝餉を食べさせてくれぬか」

と願った。

武左衛門がなにか言いかけたが、磐音の険しい顔を見て黙り込んだ。

磐音と武左衛門は西島の南端に舫われた南町の御用船に行くと、木下一郎太が、

「それがしも同道いたします」

と待っていた。そして、南町奉行所の小者船頭に、

「小梅村の磐城平藩安藤様の下屋敷に参る」

と行き先を命じた。

三人が乗り込むとすぐに御用船は岸を離れた。そして、佃島を南から西に回っ

て石川島の西端を通り、大川河口へと上がっていった。

「木下どの、ご足労をかけます」

「佐々木さんこそ笹塚様の我儘《わがまま》に迷惑なさったでしょう。おこんさんが怒っておられませんか」

「うちは前もって断ってあります」

一郎太の目が竹村武左衛門にいった。

冬の光が背にあたって体が温まったか、うつらうつら眠り込んでいた。

「ご当人はあの調子です」

「ご用人どのを説得するには、よほどの理由が要りましょう。木下どの、なんぞ知恵がござらぬか」

「そもそも、なぜ竹村どのは佃島に渡ってきたのですか」

「ご用人の使いで木場辺りまで参ったそうです。その用事が終わり、小梅村に戻ろうとしたら、笹塚様が仕掛けた例の読売が風に乗って飛んできて、それを拾うたとか。竹村さんは豊後関前藩の船が佃島沖に停泊しており、景気がよさそうだということで、なんぞおこぼれに与ろうと考えてのことらしゅうございます」

と武左衛門から直に聞いた話を一郎太に告げた。

「そこで偶然にも能楽の丹五郎一味の苫船に潜り込み、捕まったというわけですね」

そのようです、と磐音が応じた。しばらく考えていた一郎太が、

「この際、竹村どのに手柄を立てさせるしか手はございますまい」

「どのように」

「木場を出たところで、苫船から怪しげな話し声が聞こえてきた。聞き耳を立てると、豊後関前藩の船を襲う相談の真っ最中とかなんとか。そこで通りがかりの人に南町へのご注進を願い、当人は苫船に潜り込んで佃島まで渡ってきた。この佃島からさらに竹村どのの使いが南町に送られ、深夜、竹村どのの導きで、豊江丸を襲った能楽の丹五郎一味を南町奉行所が捕縛したという、いささか辻褄《つじつま》の合わぬ話はどうでしょう」

「木下どの、あまり上手《うま》い作り話とは言えぬが、その線で押し通すしか手はございますまい」

と一郎太と磐音の間で話がなった。

横川と十間川の間に北割下水が抜けていた。その北割下水に面し、小梅村に北

西を、押上《おしあげ》村に北と南を、東を押上出村に囲まれて陸奥磐城平藩五万石の安藤家下屋敷はあった。

その門前をせっせと勢津が箒《ほうき》で掃いていた。

「勢津、すまぬのう」

と武左衛門の声に勢津が顔を上げて、

「武左衛門どの、またなんぞやらかしましたか」

と同道の二人を見て哀しげに問うた。そこへ猿渡孝兵衛が姿を見せて、

「奉公早々に無断で屋敷を空けるとはどういうことか」

と詰問した。

「用人どの、勢津どの、これには理由がござってな。竹村さんのお手柄にて、能楽の丹五郎を頭分にした悪党の一味を昨夜見事に捕縛でき申した。ために竹村どのを徹宵させてしまい、安藤家に多大な迷惑をおかけすることになりました。おお、用人どの、それがしとはお初にございましたな。南町奉行所定廻り同心、木下一郎太と申します。以後昵懇《じっこん》のお付き合いをお願いいたします」

「なに、南町の手伝いにて、武左衛門がよんどころなく無断外泊したと言われるか」

「いかにもさよう」

と一郎太が応じ、御用船の中で磐音と打ち合わせた以上に大仰に、武左衛門の、

「功《いさお》し」

を語った。

用人は最初疑り深い顔で聞いていたが、磐音の、

「われら、竹村どのの的確な判断により、豊後関前藩の雇船で丹五郎一味を待ち伏せし、頭分は年番方与力の笹塚孫一様が成敗いたされ、残りの配下の者を無事お縄にすることができました。こたびほど竹村どのの機転に助けられたことはないと、笹塚様も仰せでございました」

という説明に、

「ほうほう、うちの門番どの、そのような機転の持ち主であったか。お上の御用で外泊とあらば、勢津さんや、致し方あるまいて」

と満足げな笑みを浮かべた。

「ご用人、それがしも屋敷の奉公とお上の御用、いささか迷いましたが、なにしろ相手は凶悪な押し込みども。最初はそれがし一人で手捕りにいたさんとも考えましたが、安藤家の奉公人という立場を考えれば、そのような差し出がましいこ

ともならず、南町と連絡をとりつつ、悪人ばらの捕縛に至りましてございます」

と二人の作り話に合わせつつ胸を張った。

「そのような理由ならば、昨夜の外泊は大目に見てつかわす」

と猿渡が武左衛門に言い渡した。

「用人どの、われら、悪人どもの後始末もござる。これにて失礼いたします」

用事を終えた一郎太が頭を下げ、磐音も倣《なら》った。

「武左衛門、徹宵したとなれば腹も減っていよう。台所に行って朝餉を食せ」

と優しくも命じた猿渡が急に鼻をくんくんと鳴らし、

「そなた、酒臭くはないか」

と咎めた。

「ご用人、一時、悪人ばらと行動を共にする綱渡りもいたしましたでな。あやつらが飲んでおった酒の匂いが、それがしの体に染みついたのでございましょう」

武左衛門の言い訳を背で聞いた磐音と一郎太は、北割下水に待たせた御用船に早々に戻った。

「まずはこれにて一件落着」

と一郎太が呟き、

「これまでの、品川どのや佐々木さんたちの苦労の数々が偲ばれます」

と言い添えた。

土手上に聳える柿の老樹からはらはらと葉が散っていた。その柿紅葉の下に勢津が独り姿を見せ、二人に向かって頭を下げると合掌した。

御用船が船着場を離れた。

勢津の姿は、磐音と一郎太の言葉が方便であることを承知しているものだった。

磐音と一郎太は去りゆく御用船の上で黙したまま、柿の葉の散る中に立つ勢津の姿をいつまでも眺めていた。

第四章　師走の話

一

〈三国峠の逃亡者、能楽の丹五郎、江戸の内海に溺死《できし》す！

先にわが読売第一報が江都に告げ知らせました凶族一味の末路と、南町奉行所の知恵者与力笹塚孫一様が頭分《かしら》の丹五郎相手に仕掛けた巧妙なる罠を報告いたしますとともに、この企てに藩を挙げて協力された豊後関前藩江戸屋敷の探索関わりの真相を改めてお知らせ申します。

三国峠越えを前に佐渡の水揚げ人足一行から逃亡した能楽の丹五郎一味は、あちらこちらで押し込みを繰り返しつつ江戸を目指しました。

一味が自白したところによりますと、逃走中に五、六件の押し込みを働いて路銀を稼ぎ、人を殺《あや》め手込めにするなどの悪行を重ねつつ江戸入りしたのが、五、六日前でございましたそうな。

一味は横川で荷足舟を盗み、これに苫屋根を葺いて寝泊まりできるように改造し、江戸の運河を毎日あちらこちらと移動しながら悪だくみを練っておりました。その企てとは、江戸の内海に帆を休める千石船を乗っ取ることであったそうな。というのも三国峠以来の仲間に、弁才船の元船頭松五郎《まつごろう》と水夫《かこ》ら三人が加わっており、丹五郎は乗っ取った帆船で警備が厳しい江戸を離れて海路上方に向かい、稼ぎの場を陸から海へ変えようと考えていたのでございます。

江戸に戻り、鉄砲洲の回船問屋の敦賀屋《つるがや》に火付けして押し込みを果たそうと試みましたが、南町奉行所の迅速なる手配により未遂に終わったのも、その企ての一環にございました。

さらに丹五郎は、この一連の騒動に際し大きな失態をおかしておりました。江戸へ向かう道中で陸奥からの逃散者を一味に加えたまではようございましたが、江戸の地理に不慣れなこの者が南町の夜廻りに捕まり、丹五郎が海に逃げんと考えていることが判明したのでございます。

さてそこで与力笹塚孫一様の登場と相成ります。

笹塚様は探索を前にわが早耳屋に参られ、

「ちと願いの筋がある」

と事実を曲げた読売を書くことを命じられたのでございます。

奉行所の監督下にある読売屋とは申せ、読売屋にも一分の魂がございます。

「事実でない読み物は書けません」

とお断りいたしましたが、笹塚様は、

「これは凶悪な能楽の丹五郎一味を捕縛するための記事である、また江戸の民が安心して暮らすための策であり、一味を一網打尽にした暁には事の真相を書き足してよい」

とのお言葉にございました。そこで早耳屋の伴蔵、敢《あ》えて筆を曲げることを承知したのでございます。

それが過日の、豊後関前藩が正月を前にして領内の物産を江戸に運び込み、大金を儲けたという景気のよい話にございました。

むろん豊後関前藩が新造の雇船で、暮れを前に領内で採れた質のよい干し鮑、若布、昆布、鰹節、干し椎茸などを満載して江戸に運び込み、魚河岸の乾物問屋若狭屋を通じて売り捌かれたのは事実にございます。

されどこのご時世、そうそう高値で取引されたわけではなし、わずか一船で利潤が莫大なものになるわけでもなし、この話は偏に能楽の丹五郎一味を新造船の豊江丸に惹《ひ》きつける策にございました。

この笹塚様の策がまんまと当たりました。なんと、昨未明、能楽の丹五郎一味七人が苫船に乗り、佃島沖合に碇を下ろす豊江丸を襲ったのでございます。

能楽の丹五郎、ござんなれ！

とばかり待ち受けていたのは、南町の知恵者与力笹塚孫一様と配下の同心方にございました。さらには笹塚様の秘策中の秘策、船頭や水夫に化けた南町ご一統様の中に、心強い助っ人が加わっておいででございました。

なにを隠そう、神保小路の直心影流尚武館佐々木道場の若先生にして、今小町おこん様のご亭主どのの佐々木磐音様にございました。

南町の猛者《もさ》連と佐々木磐音様らが手薬煉《てぐすね》引いて待つ豊江丸を襲った丹五郎一味がどうなったか、もはや読売で説明する要もございますまい。

ただ一つ、笹塚孫一様が残念無念に思うことは、丹五郎相手に大立ち回りを繰り広げられたさなかの出来事にございますそうな。

笹塚様の十手の先が丹五郎のよろめく体を突きすぎて、丹五郎が船縁を乗り越えて海中に落ち、荒れる海に姿を消したことでございます。

笹塚様は、ちと手加減いたすべきであった、丹五郎を縄にかけられなかったのはそれがしの失態であると潔くお認めにございまして、笹塚様の謙遜《けんそん》なるお人柄が偲ばれる言葉にございます。

丹五郎の水死体は品川の浜に打ち上げられました。

考えてみれば丹五郎、水揚げ人足の一味から逃走したことに加え、数多《あまた》の押込みで人まで殺めた罪科《つみとが》の数々、奉行所のお白洲に引き出されれば厳しい沙汰《さた》、つまりは死罪が申し渡されたは必定です。

笹塚様の行いは、丹五郎にとって慈悲であったかと思われます。

かように能楽の丹五郎一味は南町奉行所の手によって捕縛され、江戸に安寧《あんねい》の日々が戻って参りました。

この落着は、豊後関前藩福坂家が偶々《たまたま》江戸の内海に停泊する御雇船を、丹五郎ら誘《おび》き寄せの場に快く提供なされたことに起因しておる一事、もはや読者諸氏の等しくご賢察されるところにございましょう。

江戸の方々、福坂家の寛大にして鷹揚なるお心をお感じあるならば、来春の正月は、豊後関前の鰹節や若布で雑煮を作るというのはいかがでございましょう。

日本橋魚河岸若狭屋様に足を運べば、豊後関前の良質なる海の幸を安価にてお買い求めになることができまする。

以上、第一報の訂正と合わせ、能楽の丹五郎一味捕縛の顚末《てんまつ》を報告したのは、下谷広小路早耳屋の伴蔵にございました〉

この読売が江戸の町々に売り出された日、磐音はおこんを伴い、佃島に豊江丸の出船を見送りに行った。すると佃島の船着場に物産所組頭の中居半蔵ら家臣が大勢いて、磐音とおこんを出迎えた。

「磐音、いくらなんでもこの読売、豊後関前藩を持ち上げすぎではないかのう。城中のお偉方は、わが藩が仕組んだ話ではないかと却《かえ》って悪く取られぬか」

半蔵はこのことを案ずる言葉を吐いたが、顔には笑みが浮かんでいた。

「中居様、この読み物、笹塚様の自画自賛にございますれば、豊後関前の関わりの一件など付け足しに見えましょう。その危惧《きぐ》、まずは無用かと存じます」

「いかにあの大頭どのが読売屋の店先で法螺《ほら》を吹いたか、目に見えるようじゃ」

と破顔した半蔵が、

「磐音、おこんさん、たかが読売と馬鹿にしてはならぬぞ。それがし、佃島に来る前に魚河岸に立ち寄って参った。するとな、若狭屋の店頭に行列ができておるではないか。なんの行列と思うな」

はて、と磐音が首を傾げた。

若狭屋は乾物問屋、客は商売人が大半だ。そう行列ができるという商いではない。

「中居様、豊後関前の物産をお買い求めになる女衆《おんなし》ではございませんか」

「さすがはおこんさん、お察しのとおり、読売を読んだ女衆が正月の品々を買い求めんとする行列であったわ。番頭の義三郎どのにお目にかかったが、このようなことは初めてと、驚くやら喜ばれるやら。なにやら、暮れにきて褒美《ほうび》を貰うたような具合であったぞ、磐音」

と中居半蔵は興奮の体《てい》で言った。

南町奉行所の御用船が佃島の船着場に漕ぎ寄せられてきた。船の中央には、大頭の上にちょこなんと陣笠を乗せた笹塚孫一が胸を張って乗っていた。

木下一郎太が手に読売をたくさん抱えて船から船着場に飛び移り、

「ご迷惑とは存じますが、国許豊後関前に土産にお持ちください、と笹塚様が仰せです」

とすまなそうな顔で半蔵に渡した。

「お心遣い痛み入り申す」

「いえ、自画自賛の提灯記事にございます」

と一郎太が三人に囁くところに、

「一郎太、なんじゃな、提灯記事とは」

と耳聡《みみざと》い笹塚が磬音らのもとに姿を見せた。

「これはこれは、中居どの。そなたの胸の憂い散じましたかな」

「お蔭さまにて晴れやかにございます」

と半蔵が如才なく再び若狭屋の騒ぎを披露《ひろう》した。

「なに、あの読売のお蔭で、若狭屋に客が詰めかけておると言われるか。ほうほう、それがしが睨んだ以上の効果があったようじゃな」

「それもこれも、笹塚どのの巧妙なる仕掛けと大胆なる捕り物によるところ大にございます」

「いや、豊後関前藩には心配をかけたでな、あれくらいのことはせぬと、こちらの面目も立ち申さぬわ」

小さな体の胸を笹塚が存分に張った。すると陣笠に冬の陽射しがあたり、眩《まぶ》しく反射した。

「まあ、こたびの一件は豊後関前にも悪い話ではなかったであろう。のう、佐々木どの」

「はあ」

「なんじゃ、その気の抜けた返事は。よいか、豊後関前の評判が江戸じゅうに広まったのじゃぞ。おそらく城中詰の間でも三百諸侯の間で噂になろう。となれば、福坂実高様も鼻が高かろうが」

「さようでしょうか」

「気が入っておらぬな。ならば、中居どのが話された一件はどうじゃ。この読売のお蔭で豊後関前の物産が江戸じゅうに知れ渡ったのだぞ。今後、売り易くなろう」

と笹塚が吐いた言葉に、

「南町の知恵者与力様が仰せのとおり、こたびの読売は豊後関前にとって、多大なる効果があったと考えるべきでしょうね」

と若狭屋の義三郎の声が応じた。

一同が振り向くと、義三郎が手代らに四斗樽《しとだる》を担がせて従え、姿を見せた。

「義三郎どの、女衆が買い求めるくらいでそれほど効果がございましたかな」

「中居様が店に立ち寄られた後も続々と客が詰めかけまして、やがて、裏長屋住まいの女衆の間に大店《おおだな》のお内儀様やら武家屋敷の女衆が混じり始め、さらには普段豊後関前の鰹節など見向きもしない料理人が、ちょっと試してみようかと手に取られる有様。朝からの騒ぎで豊後関前ものが品薄になったくらいです。むろん、蔵には在庫がございますが」

「なんとも嬉《うれ》しい知らせかな」

「中居様、この騒ぎは豊後関前ものの物産を江戸で売る好機にございますよ。利用しない手はございません。私、お国許のご家老坂崎正睦様にこの騒ぎの顚末を記し、年明けにももう一便、荷を江戸へ運べぬものかとご相談の書状を認《したた》めました。四斗樽と一緒に船に託していただけませんか」

「えらい騒ぎになりましたな」

と言って中居半蔵が磐音の顔を見た。

「そなた、どう思う」

「古来、読売などで急に名が知れたときは、流行《はや》りものにござれば、忘れられるのも早いと相場が決まっております。されど、豊後関前の物産は、領民が丁寧に作った品々でござれば、これを好機に地道に販路を拡大していくことは大事かと思われます」

磐音の返答に半蔵が頷き、笹塚が、

「中居どの、追い風の吹くときは風に乗ってぐいぐい攻め込む一手にござるぞ。それがしが微力を尽くした騒ぎは、豊後関前藩にとって千載一遇の好機でござれば、見逃す手はございますまい」

とさらに大頭を振り立てて力説した。

一郎太が笹塚の袖を引き、

「笹塚様、お二人で手柄を立てられたようなお話は聞き苦しゅうございます。佐々木さんのご助勢で豊江丸船上の捕り物騒ぎも決着を見たのです。ほどほどになさるのがよろしいかと思います」

と耳打ちした。むろんその声はその場の一同に聞こえていたから、なんとなく一同がうむうむと頷いた。

「一郎太、それがし、手柄話など一切しておらぬではないか」

笹塚の怪訝《けげん》な表情におこんが思わず、

「ふっふっふ」

と笑い、

「笹塚様らしゅうございます」

「おこんさん、そなたもそれがしが自慢でもしていると考えておられるか」

「いえいえ、天真爛漫《らんまん》、そこが笹塚様らしくてようございます」

「見よ、一郎太。おこんさんはこう言うておる」

一郎太が大きな溜息をついたとき、

「中居様、豊江丸が出帆の刻限にございます」

と井筒遼次郎が知らせに来た。

「遼次郎、若狭屋どのから四斗樽を頂戴した。それとご家老坂崎様への書状を託されておる」

半蔵の命に、

「畏まりました」

と遼次郎ら若い藩士らが、沖合に停泊する豊江丸に荷を運ぶ伝馬船《てんま》に、酒樽や書状を積み込もうとした。

「遼次郎さん、私もお願いがございます」

おこんも、磐音の妹の伊代の出産が間近いという知らせに、江戸で買い求めた品々を託した。

「遼次郎どの、父に宛てた書状も入っておる。願おう」

磐音も言葉を添え、最後の江戸からの品々が伝馬船に積み込まれた。

「船は年の内に豊後関前の湊《みなと》に戻り着きましょうか」

船着場を離れた伝馬船を見ながら、だれに聞くともなくおこんが呟いた。

磐音とおこんは、一年数か月前にこの佃島から正徳丸に乗船して海路豊後関前入りを果たしていたため、呟きに懐かしさがあった。

「おこんさん、そなたらが乗られた正徳丸より船足も随分と速いそうじゃ。帰路、船頭は瀬戸内には入らず一気に土佐沖を南下して豊後水道に入ることを考えておるようだ。となれば、瀬戸内よりずっと短縮されて、師走前には悠々と関前に到着しよう」

と中居半蔵が答えていた。

一同が見守る中、伝馬船の荷が豊江丸に積み込まれ、伝馬船が船を離れると、碇が上げられ、帆が張られた。そして、豊江丸はゆっくりと舳先を江戸の外海の浦賀の瀬戸に向け、船足を速めていった。

それを見送っていた笹塚孫一が、

「南町奉行所は、いつもながら尚武館の若先生をはじめ、世話になるでな、ご一統にささやかながら食事を馳走したい」

と言い出し、返事も聞かずに佃島漁師町に向かって歩いていった。一同が思わぬ展開に顔を見合わせた。それを察した一郎太が、

「ご一統様、ご迷惑とは存じますが、お付き合いください」

と声をかけ、磐音らはなんとなく笹塚の招きに応じることになった。

小梅村の磐城平藩下屋敷の用人猿渡孝兵衛は本所入江町まで出向き、読売屋の売り声に耳を止めた。

「さあさ、寄ってらっしゃい、聞いてらっしゃい。このご時世に景気のいい話だよ。佃島沖に帆を休めた豊後関前藩の雇船豊江丸を、凶賊の能楽の丹五郎一味が襲った話だ」

「読売屋、悪者が船を襲って景気がいいたあ、どういうことだ」

と足を止めた職人が読売売りに訊いた。

「急《せ》くな騒ぐな、お客人」

と制した読売屋が、

「佐渡の水揚げ人足として送られる無宿人の能楽の丹五郎一味が、三国峠にて逃亡に及び、江戸に舞い戻り、陸から海に目をつけたのはつい先日のことだ。これを知った南町奉行所の知恵者与力笹塚孫一様が、丹五郎一味を誘き寄せんと、うちの読売を使って深い策略を巡らされたんだよ」

「読売屋、一枚くれ」

と猿渡用人は読売屋に声をかけた。

「おっ、さすがはお武家さんだね。豊後関前と聞いてぴーんときたね。へえ、お代は六文だ」

猿渡は読売を買うと、少し離れた場所で黙読し始めた。

「ふーむ、なになに、どこにも竹村武左衛門の話など出てこぬではないか。どうも、あやつの話、うさん臭いと思うていたが、佐々木どのの手前、ちと追及が手《て》緩《ぬる》かったかのう」

と読売を懐に突っ込み、

「改めて武左衛門め、とっちめてくれん」

と足早に屋敷に向かった。

その刻限、武左衛門は北割下水の品川邸の縁側で、正月注連《しめ》飾りの内職に精を出す柳次郎を相手にぼやいていた。

「柳次郎、この読売を読んでみよ。わしの手柄などどこにも書いてないぞ。笹塚孫一め、自分の自慢話ばかり大仰に書き立ておって、一晩苦労したわしの働きぶりはどこにも触れてないではないか」

柳次郎が縁側に置かれた読売に目を落とし、さらにじろりと武左衛門に視線を移した。

「竹村の旦那、そなた、何用あって佃島なんぞに出向いた」

「だから、南町の願いを受けてお上の御用を務めたのだ」

「虚言を申すな。なにかよからぬことを考えて佃島に行き、一晩屋敷を無断で空けたのではないか」

「あれ、柳次郎、わしが屋敷を空けたことをようも承知しておるな」

「勢津どのが、こちらにお邪魔しておらぬかと何度も探しに参られたのだ。そなた、使いを仰せつかった身、なぜ、まず最初に屋敷に戻って用人どのに復命せぬ。佃島にふらふら出向くことより、それが旦那の仕事であろうが」

縁側の戸袋にだらしなく背を持たせかけていた武左衛門は、旗色が悪くなった

とばかりに起き上がり、

「それがし、御用を思い出したで失礼いたす」

とこそこそと品川邸の縁側から姿を消した。すると台所から茶を運んできた幾《いく》代《よ》が溜息をつき、

「柳次郎、佐々木様やそなたがいくら目をかけても、あの御仁の根性は変わりはいたしませぬよ」

と諦《あきら》め顔で言い放ったものだ。

二

磐音は家基の顔に気鬱《きうつ》が宿っているのを見て、内心驚いた。だが、それには気付かぬふりをして真剣での稽古に入った。

西の丸書院広縁でのことだ。

家基は股立《ももだ》ちをとった袴の腰に、黒蠟色塗《くろろいろぬ》りの竹に雀紋《すずめもん》金具大小拵《こしら》えの長船与《おさふねよ》三左衛門尉祐定《そうざえもんのじょうすけさだ》を差し、磐音の命を待つように紅潮した顔を向けた。

「磐音、本日はどのような稽古をなすな」

磐音は冬の陽射しが静かに散る、白い小石が敷き詰められた書院広縁外の庭を見た。玉砂利の庭では時に士分以外の庭師などとの接見が行われるのか、広さ二百畳はありそうだ。さらにその玉砂利の庭の外に、広大な山里の広庭が広がっていた。

「本日は野天にての稽古をいたしましょうか」

「それもよかろう」

家基は広縁から玉砂利の庭への階段に向かった。

「あいや、今しばらくお待ちを」

慌てた年寄衆の一人が家基の履物を持参しようとした。

「爺《じい》、いきなり賊徒が襲って参った折り、草履を履くまで待てと願うか」

「いえ、それは」

「相手が家基に害をなさんとする者ならば、即座に斬りかかろうぞ。その折り、命が助かる助からぬは咄嗟の機転である。そうであったな、磐音」

と家基が最後は磐音に向かって問うた。

「いかにもさようにございます」

家基は階段の途中から玉砂利に飛び下りた。

磐音は笑みを浮かべて家基の行動を見ていたが、自らも広縁上から庭の玉砂利へ、

ふわり

と足袋裸足《たびはだし》で着地した。

「そなた、大きな体をしておるが、まるで猫のようにしなやかよのう。それも修行の賜物《たまもの》か」

「恐れ入ります。いかにも五体の動きを御するは修行の力にございます」

「修行にて心の悩みも吹き飛ばすことができるか」

「はて、家基様のお心にどのような気鬱が生じておるや存じませぬが、汗をおかきになれば気分が壮快になることもございましょう」

うーむ、と答えた家基と磐音は、庭の真ん中で長船与三左衛門尉祐定と近江大掾藤原忠広を構え合った。

その日、家基は刃渡り二尺二寸七分の祐定を振るって磐音を攻めに攻めた。なにか恐れるものがあって磐音が教えた、守りの剣、

「覇王の剣」

を捨て、がむしゃらに斬りかかってきた。

磐音は若い家基の心中に宿る悩みを一撃一撃丁寧に受け止め、祐定を弾くと同時に心の憂いも吹き飛ばすようにさせた。

家基は真剣での稽古を磐音に授けられて以来、稽古を積んできたと見えて、腰が据わり、両手にしっかりと鮫革巻《さめかわ》の柄を握って、なかなか鋭い踏み込みで攻めてきた。

どれほど時が経過したか。

磐音は家基の腰が浮いたのを見て、

すいっ

と自ら間合いを外し、

「家基様、ご研鑽《けんさん》の賜物、佐々木磐音拝見つかまつりました。過日とは格段のご進歩にございます」

そうか、と答えた家基の顔から、最前まで漂っていた気鬱が散じたと思えた。うっすらと汗を浮かべた顔に満足の笑みが浮かんでもいた。

家基が鞘に納めたのを見て磐音も納刀した。

年寄衆が階段の傍《そば》で手拭いを持参して待ち受けていた。

「磐音、山里の庭を歩かぬか」

家基は自ら案内に立ち、玉砂利の庭から植え込みを抜けると、山里の広庭に足袋裸足のままで導いていった。

回遊式の泉水を配した広大な庭が二人の目の前に現れた。

「家基様、お尋ねしてようございますか」

「磐音と予の仲じゃ、なんなりと訊くがよい」

「稽古にて、家基様のお心の憂い散じましたか」

「そなたが汗をかけば気が壮快になるというで、本日は覇王の剣を捨て、攻めに徹した」

「なかなか腰が据わった攻めにございました」

磐音の言葉に家基がにっこりと笑い、

「お蔭で鬱々としていたものが霧散したわ」

と応じた。

「家基様、気鬱の原因はなんでございますか」

うっ、と言葉に窮した家基に、

「これは僭越《せんえつ》至極にございました。お許しください」

「磐音、夢じゃ」

と家基が言葉を投げ出すように答えていた。

「夢が家基様のお心を煩わせますか」

「磐音、そなたはそのようなことはないか」

「時に体が疲れた折りなど、幼年時代に一度しか会うたことがない人間が夢に現れ、それがしを恐れさせることがございます。夢とは摩訶《まか》不思議にも時間《とき》と空間《ところ》を超えますゆえ、畏怖《いふ》を抱くことがございます」

「夢も修行で追い払えるか」

磐音は家基の顔に真剣な表情を見て、

「その夢、それがしに教えていただけますか」

と尋ねていた。

家基の視線が泉水に遊ぶ鴛鴦《おしどり》の番《つがい》に向けられた。

「いつも同じ夢でな」

「ほう、同じ夢を見ることも、時としてございましょう」

「盲《めしい》の老剣客が、花笠《はながさ》をかぶった見目麗しき娘に手を引かれて現れ、予に向かって手招きし、お命頂戴と繰り返しおるわ。予は必死で抗《あらが》い、びっしりと寝汗をかいて目を覚ますのじゃ」

磐音の背筋に悪寒が走った。

なんとタイ捨流の老剣客丸目喜左衛門高継と歌女が、家基の夢枕に夜ごと現れ、悩ますという。

「磐音、予の心が疲れておるゆえ、かような夢を繰り返し見るのであろうか」

「そのようなこともございましょう」

「両眼の見えない老剣客、娘に手を取られ、竹杖を突いておるに、剣の腕はなかなかと見た」

「いつから夢を見始められましたな」

「五日も前か」

丸目高継と歌女が尚武館に姿を見せた時期と相前後していた。

「このこと、たれぞに訴えられましたか」

「夢の話を家来どもにしたところで、笑われるばかりであろう。磐音、そなたが初めてじゃ。なんぞよき知恵はないか」

磐音はしばし沈思した。

「家基様、それがしから願いの儀がございます」

「言うてみよ」

「その老剣客の誘い、決して乗られてはなりませぬ」

「夢の話を拒めとな」

「いかにも」

「そなたも言うたではないか、夢とは摩訶不思議なものとな。寝ておるとき、予の考えを超えてどのような行動をとるか、恐ろしい」

　磐音は腰の近江大掾藤原忠広を鞘ごと抜くと、

「家基様、今宵から、養父《ちち》佐々木玲圓から授かった藤原忠広を枕辺に置いてお休みください」

　と差し出した。

「佐々木玲圓と磐音父子の親しんだ刀が、それがしの夢を退散させると申すか」

「はっきりとは約定できませぬ。今宵、お試しなされて、その結果、依田鐘四郎にだけお洩らしくだされ」

「分かった」

　と答えた家基が、

「帰り道、大刀がないでは腰が寂しかろう。予の長船祐定を持て」

　と腰から抜くと差し出した。

「家基様の佩刀《はいとう》をそれがしの腰に差すなど、畏《おそ》れ多いことにございます」

「磐音、そなたの忠広を予が枕辺に置いて寝る理由《わけ》を家臣どもに訊かれたら、どう答える。予の注文で差料《さしりょう》を交換したとでも答えるしかあるまい」

「いかにもさようにございました」

家基と磐音は互いの刀を交換した。

「よし、これで今宵から安眠できようぞ」

と笑みを浮かべる家基に、

「それがし、この身を捨てても家基様の盾になる覚悟にございます。なんなりとお悩みをお洩らしくだされ」

「磐音、夢の話では、そなたの直心影流も役に立つまい」

「いえ、それがし、家基様のお心を煩わす者あれば、夢の中にも入り込んで成敗いたしまする」

家基は、じいっと磐音の顔を直視していたが、こくりと頷いた。

西の丸玄関前御門まで、家基の御近習《ごきんじゅ》衆の依田鐘四郎が見送りに出た。玄関前に西の丸の厚意の乗り物が待ち受けていた。

「依田様、いささかお話がござる」

依田鐘四郎に、磐音は丁重に話しかけた。家基の御近習衆としての立場を考えてのことだ。

「なんでございますな、佐々木先生」

鐘四郎は主《あるじ》家基の剣術指南役と磐音を敬い、そう呼んだ。

磐音は鐘四郎に家基と佩刀を交換した理由を語った。

「な、なんと尚武館に姿を見せた丸目高継、歌女の二人が、家基様の夢枕に夜な夜な立ち現れると言われますか」

「なんとしても阻止せねばなるまい」

「ために若先生の差料を西の丸に残されましたか」

「あの近江大掾藤原忠広は養父の愛刀でもござる。養父とそれがしがこれまで成敗した証《あかし》の霊が、刃《やいば》にはこびりついておろう。それに託したのです」

鐘四郎が頷き、

「さらに一層家基様の身辺に注意を払います」

と請け合った。

磐音は西の丸からの帰路、乗り物を駒井小路《こまいこうじ》に向けさせた。

御典医桂川甫周国瑞《かつらがわほしゅうくにあきら》の屋敷である。

桂川家では、西の丸様の乗り物が到着したというので門番が慌てふためいた。

だが、乗り物から立ち現れた磐音を見て、

「尚武館の若先生ではございませぬか」

と驚きとも安心ともつかぬ言葉を洩らした。

「門番どの、桂川さんはおられようか」

桂川邸の門内には、診察を受ける町人らが何人も待ち受けていた。

桂川家では三代目と四代目が、御典医のかたわら、拝領屋敷の一部を開放して病に苦しむ武家、町人ら、貴賤《きせん》貧富を問わず診察に応じていた。ために邸内には、御典医とは一見無縁の裏長屋の住人もいた。

「もはや昼前の診察は終わられます」

門前の会話を聞いていた玄関番の見習い医師が、診療室へと駆け込んだ。すると襷《たすき》掛けの桜子《さくらこ》が姿を見せた。

「おや、剣術の稽古とも思えませぬが」

「私、近頃、国瑞様の診療の手伝いをしております。いえ、蘭学《らんがく》のことはさっぱりかりませぬが、患者には女の私がいるだけで緊張を解かれるお方もございまして、国瑞様のかたわらにただ控えている役目にございます」

と桜子がにっこりと笑った。

「それはよい心がけかと存じます」

桂川家の蘭癖異国趣味の家風に馴染めず、桜子は一時悩んだこともあった。その折り、鬱々と考えるよりは体を動かしなされと尚武館の稽古に誘《いざな》い、霧子らと、得意の小太刀の技を再修行し始めていた。

磐音は桜子が国瑞の手伝いをしていると聞いて、桂川家の嫁女は危機を脱したと安堵した。

「西の丸様の剣術指南のお戻りにございますか」

「いかにもさようです。桂川さんのお顔を拝見したく、駒井小路に立ち寄りました」

磐音は桜子にそう答えると、西の丸の乗り物を担いできた陸尺に、

「もうわが屋敷は近い。本日はこちらまでで結構にござる」

と桂川家で待機することを断った。

乗り物が桂川家の門を出ていった。

「佐々木様、お薬待ちの患者があと数人です。四半刻（三十分）とはかかりますまい」

と桜子は説明すると、磐音を若夫婦の居室に案内した。

国瑞は四半刻もせぬうちに姿を見せた。

「神保小路にお戻りもなく西の丸からわが屋敷に参られたと聞きました。家基様になんぞ気がかりなことがおありでしたか」

と挨拶もなしに国瑞が問うた。

家基が次の将軍位に就くことが、屋台骨の揺らいだ幕藩体制を立て直す好機であり、聡明《そうめい》な家基こそが徳川家の救いとなるべき人物と、国瑞と磐音は意見が一致していた。

だからこそ国瑞は御典医の立場から、磐音は西の丸剣術指南役の立場から、家基の成長を見守ってきたのだ。

どのようなことでも、気がかりが生じることは許されなかった。

「桂川さん、いささか異なことがございまして」

磐音は、尚武館に姿を見せた盲目の老剣術家丸目喜左衛門高継と孫娘歌女の話から、近頃家基の夢に夜な夜な現れる二人がどうやら現身《うつしみ》の人物らしいことを語り聞かせた。

「このような話があろうか。私も聞いたことがありません」

国瑞も首を捻《ひね》った。

「蘭学でも説明がつきませんか」

「佐々木さん、蘭学とてこの世に起こる諸々の現象を説明できることは、万分の一もないでしょう。寝《やす》んでおられる家基様の頭の中に、現身の人物がかように忍び込めるものかどうか、蘭学者の私には推量もつきません。ただ、かような不思議が起こるには、なにか切羽詰まった事情がなければなりますまい」

「と言われますと」

「家基様を殺めようとする者たちの意思、私どもが考える以上の勢力を増したと思うべきではありませんか」

「田沼意次《おきつぐ》様の意思が、さらにはっきりと形を現し始めたと言われますか」

「家基様と親しい玲圓どの磐音どの父子のもとに盲目の剣術家が勝負を挑んできて、以来、家基様が夜な夜な夢を見られるとするなら、二つの事柄にはなんぞ関わりがなくてはなりますまい」

磐音の危惧と同じことを国瑞は口にした。

「ただの気疲れではないと言われるのですね」

　磐音は念を押した。

「これほど明白な類似を持つ事柄が二つ重なるのは、偶々《たまたま》ということではありますまい。たれぞの強い意思が働いてのことです」

「それがしの差料を家基様のもとにお残しして参りました。家基様の憂いを取り除く役に立つかどうか定かではありませんが、思い付いたことをなすしか、それがしには術《すべ》がございませんでした」

「佐々木さん、私は明日にも西の丸に上がります。とは申せ、佐々木さんのとられた処置以上のことは私にも思い付きません」

　と国瑞も首を傾げた。

(西の丸に妖術《ようじゅつ》師、祈禱《きとう》師なんぞが入り込んではおらぬか)

　と磐音はふと思った。

「佐々木さん、私どもの考えを超えた者の仕業かもしれません。その線がないとは限りません。この際、あらゆることを想定して動いたほうがいいかと思います」

　桜子が姿を見せて、

「国瑞様はこれから昼餉を摂《と》られます。佐々木様もご一緒なさいませぬか」

と訊きに来た。

「桜子様、お気持ちだけ頂戴いたします。桂川さんと話しているうちに思い付いたこともござる。それがし、本日はこれにて失礼いたします」

磐音の言葉に桜子が残念そうな表情を見せ、国瑞はただ首肯した。

駒井小路から神保小路はわずか数丁の距離だ。

継裃《つぎかみしも》姿の磐音が武家屋敷の間を歩いていくと、
ふわり
と霧子が姿を見せた。

「なんぞ御用はございませんか」

「霧子、そなた、なぜそれがしがそなたになんぞ用事を申し付けると考えたな。以心伝心とは申すまいな」

「偶然にも西の丸様の乗り物を見かけました。それで声をかけますと、若先生が駒井小路にお立ち寄りになったと聞きまして、お待ちしておりました」

霧子が姿を見せたのは、磐音の身辺に注意を払っているがゆえの必然であった。

だが、家基の夢に現れる丸目高継と歌女の二人は、いかなる技を以て、家基の脳裏に忍び込むのか。

「霧子、弥助どのを急ぎ尚武館に呼んでくれぬか」

「畏まりました」

と声を残し、白昼の武家屋敷の通りから霧子が姿を消した。

三

尚武館に戻ると門番の季助が、

「若先生、松平辰平様から文が届いております」

と知らせてくれた。

玄関先には田丸輝信、神原辰之助ら若い門弟が、磐音の帰りをそわそわと待ちわびていた。

「おおっ、戻られた」

継裃姿の徒歩で戻ってきた磐音を住み込み門弟らが迎え、

「本日は徒歩にてお戻りでございますか」

と田丸が訊いてきた。

「立ち寄る場所があったゆえ、西の丸様ご厚意の乗り物はそちらから帰した。辰平どのから文が届いたそうじゃな」

「若先生に宛てられた書状、おこん様がお持ちにございます」

「ならば離れ屋に参ろうか」

磐音が枝折り戸から離れ屋の玄関に向かうと、辰平の消息を知りたい門弟らがぞろぞろと磐音に従ってきた。だが、玄関に向かう磐音とは別に、門弟の大半は縁側に回った。磐音に従ったのは田丸一人だ。

離れ屋ではおこんが磐音の帰宅を察したか、玄関に待ち受けていた。

「ただ今戻った」

「ご苦労さまにございました」

磐音は腰の大刀を抜くとおこんに渡した。長船与三左衛門尉祐定を両腕で受け取ったおこんが、

「あら」

という顔をした。

「差料が違うことに気付いたか」

「どうなさったのですか」

「それがしの藤原忠広と西の丸様の長船祐定を交換いたした」

「まあ、それは大変」

おこんはそれ以上の言葉を述べることを控えたが、田丸が、

「えっ、家基様の佩刀にございますか。さすがに見事な拵えですね」

と眺め入り、

「刀身は定寸《じょうすん》のようじゃな」

とおこんの腕の中の長船祐定を観察した。

「田丸どの、このこと、他言無用に願いたい。どのような誤解を生まぬともかぎらぬゆえな」

磐音の忠告に、田丸が、はっ、と畏まり、仲間たちのいる縁側へと回った。

「おこん、辰平どのから文が届いたとか。門弟衆の前で披《ひら》かねば、それがし、昼餉の膳を前にすることもできまいな」

「田丸様など、金魚の糞《ふん》のように磐音様のあとを付いて回っておられますゆえ、まずはそちらが最初かと存じます」

「致し方あるまいな」

「昼餉はあとで宜しゅうございますか」

「それがしも辰平どのの近況を知りたいでな」

おこんに続いて磐音が離れ屋に上がり、磐音はおこんに手伝ってもらって継裃から普段着に着替えた。

「養父上はおられるか」

磐音は母屋の方角に視線をやり訊いた。

「いえ、本日は剣友仲間のお招きの日ですので、他出なさっておられます。今頃は、滝野川の料理茶屋でご酒をお召しあがりの最中かと存じます」

「おお、そうであったな。ついうっかりしておった。養父上は、何日も前から大《おお》浦《うら》のご隠居のお招きを楽しみにしておられた」

直参旗本寄合《よりあい》席三千七百石大浦喬《きょう》右衛《え》門《もん》は、先代からの門弟である。すでに家督を譲り、滝野川に小さな庵《いおり》を設けて、好きな俳諧《はいかい》と剣術と酒に余生を楽しんでいる老人だった。

この大浦から、先代を偲んで酒を酌み交わしたいという招き状が十日も前に届いていた。

玲圓は、

「磐音、そなたは大浦のご隠居の若い頃は知るまいが、腕も口も達者なお方でな、それがしなど十代の折りには、道場の床に何度叩き付けられ、床を嘗《な》めさせられたことか。それほど手厳しい先輩であったが、今は好々爺《こうこうや》になられて、昔話を楽しみにしておられる。機会があれば、そなたを改めて尚武館の後継として紹介したいものよ」

「それは楽しみなことです。大浦様のお仲間が何人もお集まりになりますか」

「そうじゃな、赤木《あかぎ》様、井戸様、南野《みなみの》様ら、佐々木道場で同じ釜《かま》の飯を食べた先輩諸氏が、五、六人は顔を揃えられるかのう。それがしなど今もって頭が上がらぬ、怖い先輩ばかりでな、赤子扱いじゃ。酒を馳走になりに行くのか叱られに行くのか、分からぬわ」

と言いながらも嬉しそうな顔を玲圓が磐音に向けたものだ。

「西の丸様の出稽古に気を取られてすっかり忘れておった。本日が大浦様隠居所にお招きの日であったか」

「なんぞ養父上に御用ですか」

「お戻りになって、聞いてもらおう」

「本日、お戻りになっても、ご酒に酔われて話はなりますまいと養母上《ははうえ》が申されておりました。また事と次第では、滝野川にお泊まりかもしれないとか」

「ほう、養父上がお泊まりになるほどご酒を召し上がられることがあるのか」

玲圓はこれまで、磐音らの前で酒に正体を失った姿など決して見せることはなかった。

「なんでも諸先輩相手では献杯をお断りすることも叶わず、つい度を過ごされるとのことです。ただ今の養父上は、好き放題に言われながらご酒を召し上がることなどございませんので、それを楽しみにしておられました」

「いつも気を張り詰めておいでゆえ、偶には心を許した先輩方と酒に酔い、先代を偲ばれるのもよかろう」

磐音は、家基様の夢の話を申し上げるのは明日のことだなと思いながら、帯を締めた。

「若先生、辰平の文はどうなりました」

縁側から催促の声がかかった。

「おお、待たせたな」

磐音が縁側に行き、おこんが神棚に置かれていた書状を持参した。

「若先生、辰平様の文、対馬府中《つしまふちゅう》からのものだそうです」

おこんに聞いたか、広瀬淳一郎《ひろせじゅんいちろう》が磬音に告げた。

「なに、辰平どのは対馬に渡っておられるか」

「対馬厳原《いづはら》とは、宗《そう》様のご城下ではございませんか」

とおこんが今津屋時代に知ったか、書状の裏を返して磬音に差し出した。確かにそこには、

「対馬国厳原にて　松平辰平」

と躍るような筆致で認められていた。

「この筆遣いならば辰平どの、堅固にて修行を続けておられるようじゃな」

磬音は、初夏以来久しぶりに辰平から届いた文を披いた。

尚武館佐々木道場佐々木磬音様、ご一同様、とまずあった。

「なんだ、われら、ご一同様か」

田丸輝信が文句をつけた。その顔からは笑みが零《こぼ》れて、辰平から届いた文が嬉しくてしようがないという表情をしていた。

「田丸、ちと黙っておれ。若先生がお読みになる間、邪魔をするでないぞ」

と仲間に釘を刺された田丸が、

「委細承知」

と答えて口を噤んだ。

「不肖松平辰平の西国修行の旅、遂に肥後熊本《ひごくまもと》城下横田傳兵衛《よこたでんべえ》先生のもとを離れ、西国の強い陽光に焼かれ、夜星の下で寒さに震える武者修行を再開致し候。まず肥後から船にて島原の内海を肥前島原に渡り、諫早《いさはや》から長崎街道にて天領長崎に無事安着致せし事、ご報告申し上げ候」

「なんだ、あやつ、肥後から筑前福岡城下に向かったのではないのか」

「うるさい。口を挟《はさ》むでない。黙っておれと言うたはずだぞ、輝信」

仲間に再び注意された田丸が、

「若先生、つい口出しいたしまして申し訳ございません。以後、ご迷惑をかけることはいたしません」

と承服した。

「ならば読み続けよう」

「お願いいたします」

「長崎は異国情緒溢れる湊町に御座候。長崎の町に入るや、まずなんとも知れぬ匂いが漂い、これが異国の匂いかと驚き入った次第に御座候。湊近くには阿蘭陀《オランダ》商館の出島ありて赤ら顔の異人の姿が垣間見られ、また唐人町では唐人らが分からぬ言葉を早口にて喋りつつ遊歩致す光景、なんとも不思議な町に御座候。

長崎は天領長崎奉行所ご支配地にて、ただ今久世《くぜ》丹後守《たんごのかみ》様が奉行職として赴任なされ、異国との折衝に心を砕いておられるとか。また福岡藩、佐賀藩が交互に千人の家臣団を長崎に常駐させ、警備に当たりおり候。

それがし、肥前佐賀藩の千人番所の武道場に出入りを許され、お長屋の隅にて寝泊まり致し、二月《ふたつき》にわたり葉隠《はがくれ》武士の武術の片鱗《へんりん》を修行致し候。さらにその縁で肥前佐賀鍋島《なべしま》本藩の城下に移り、佐賀藩道場の百武十郎兵衛《ひゃくたけじゅうろべえ》先生のもとにて日夜修行に明け暮れし後、壱岐島《いきのしま》から朝鮮国が見ゆる対馬宗様城下に海路にて渡り候。

対馬にては朝鮮武術の技を習い、正月前には船便にて本土筑前福岡に戻り、横田傳兵衛先生に仲立ちをいただいた福岡藩の藩道場新陰流有地内蔵助《ゆうちくらのすけ》先生のもとで新たなる修行に励む所存に御座候。

以上の如く、松平辰平五体壮健意気横溢《おういつ》にて日々修行に明け暮れておりますれば、佐々木磐音様をはじめご一同様ご安心下されたくお願い申し上げ候。辰平」

磐音が文を読み終えた。

だが、田丸輝信らは辰平の修行の道筋を辿っているのか、黙りこんでなにか思案していた。

「辰平さん、逞《たくま》しゅうなられましたね」

おこんが感想を洩らした。

「いかにも旅慣れた感じがいたす。日々充実しておるようだな」

「長崎か」

と田丸輝信が夢見るように呟いた。

「田丸どの、長崎に参りたいか」

「長崎ならずとも、どちらでもようございます。辰平や利次郎のように、江戸を離れて旅がしとうございます」

尚武館の住み込み門弟の多くは直参旗本や大名家家臣の次男、三男坊だ。いわゆる部屋住みと呼ばれ、婿の口でもかからぬかぎり、生涯嫡男やその嫁に気を遣いながらの暮らしで、好き勝手に旅もできない。

田丸輝信の嘆息にはそのような想いが込められていた。

「田丸どの、どのような境遇にあろうと、気の持ちようで武者修行が叶わぬわけではあるまい。まずはしっかりと己の生き方を固めなされ」

はい、と田丸が頷き、

「辰平どのの文には追伸がござった。最後に、重富利次郎は元気でござろうかと、問いが付されてある」

「そうか、辰平さんは、利次郎さんが土佐の高知に向かわれたことをご存じないのですね」

神原辰之助が呟き、磐音は松平辰平と重富利次郎の双方に書状を認め、互いの逗留先《とうりゅうさき》を教えようと思った。

「おこん様、母屋からの差し入れにございます」

と早苗が湯気の立つ竹籠《たけかご》を抱えて姿を見せた。

「川越の十三里、蒸《ふ》かし終わったの」

おこんが声をかけると、早苗が薩摩《さつま》芋《いも》とも甘藷《かんしょ》とも唐芋とも呼ばれる蒸かし芋を縁側に置いた。

「美味しそうに蒸かせたわね。さすがは早苗さんね」

「おこん様、うちでは米が買えないとき、必ずお世話になりましたから、蒸かし方は覚えてしまいました」

「なんだ、芋か」

田丸輝信が心ここに非ずという顔で竹籠に手を伸ばそうとした。

神原辰之助が竹籠ごと抱えて、

「田丸様、芋がお好きでないのなら、手を出されることはございません。早苗さんが気持ちを込めて蒸かした薩摩芋です」

と言い放った。

はっ
として失言に気付いた田丸が、

「早苗さん、悪かったな。つい辰平の文に心が昂っておった」

と詫び、

「それならば頂戴してもようございます」

と辰之助が竹籠を田丸の前に戻した。

「心をこめて頂戴しよう」

尚武館の若い門弟らは竹籠に手を伸ばし、川越産の薩摩芋を食しながら、朝鮮が見えるという対馬厳原城下から出された辰平の書状の内容を思い思いに心に描いていた。

「磐音様、利次郎さんは今頃どちらを旅しておられましょうか」

おこんが言い出したのは、昼餉の膳を前にした磐音にだ。

膳には、鯖《さば》の焼き物、浅蜊《あさり》の剝き身と独活《うど》のぬた、豆腐汁が出ていた。

「そろそろ高知領内に到着してよい頃かな」

磐音は膳に向かって合掌すると、無心にも食べることに専念し始めた。食事をするときの磐音の習わしだ。

(利次郎さんも、お父上の前で磐音様のように無心に食べておいでかしら)

と四国路を旅する利次郎におこんは想いを馳《は》せていた。


その日、重富百太郎《ひゃくたろう》と利次郎、それに二人の荷物持ちの従者を連れた一行は、阿波《あわ》徳島と土佐高知の国境《くにざかい》に差しかかっていた。

「利次郎、宍喰《ししくい》を過ぎればわが土佐領内じゃぞ」

「ようやく土佐ですか。高知とは江戸から遠うございますな」

「海沿いに室戸には参らず、四郎《しろ》ケ野《がね》峠越えで安芸《あき》に出る。さすれば三日のちには高知城下に到着いたす」

「三日か」

利次郎が少々うんざりした声を上げた。

宍喰を抜けたところで、白い砂の海岸が見えた。

「利次郎、この浜も亀が卵を産み付けに参るところだ」

「父上、この界隈、人の数よりも断然亀の数のほうが多うございますぞ」

「江戸や京、大坂とは違うわ。高知に参れば賑やかになる」

「高知城下にはいかほど人が住もうておられますな」

「土佐領内に四十五万ほど、城下の町人は一万五千人ほどかのう。いずれにしても江戸とは比べものにならぬわ」

百太郎が答えたとき、先を行く巡礼の親子連れが悲鳴を上げた。

利次郎が見ると、娘遍路の手を浪人風の男三人が摑み、山に連れ込もうとしていた。

「おのれ、この白昼に」

利次郎が背に担いだ木刀を手にすると、脱兎《だっと》の如くに駆け出した。

「利次郎、そなた一人では心許《こころもと》ない。父も参るぞ」

父が倅《せがれ》を追いかけたが、走る速度がまるで違った。その百太郎がまだ半丁も駆けぬうちに利次郎は、狼藉《ろうぜき》をはたらこうという旅の浪人者の前に立ち塞がり、

「お遍路の娘に悪さをしようとは許し難い」

と言い放った。すると三人のうち二人が、

「邪魔立てすると斬る」

と吐き捨て、刀を抜いた。

「江戸は神保小路直心影流尚武館佐々木道場の腕前を見せてくれん」

利次郎が余裕にも言い放った。

「若僧、怪我をしても知らぬぞ」

二人が剣を構え、もう一人の頭分が娘遍路の手首を摑んだまま、利次郎の動きを見ていた。

「参れ」

二人がいきなり、踏み込みざま利次郎に迫った。

利次郎も間合いを縮めて木刀を翻した。

刀と木刀の速さがまるで違った。

遣い馴れた赤樫《あかがし》の木刀が相手の肩と腰を厳しく殴り付けると、その場にいきなり転がした。

「やりおったな」

と頭分の浪人が娘の手を離し、抜き打ちに利次郎に斬りかかった。さすがは頭分で、刃風が最前の二人とは異なっていた。

だが、利次郎の木刀は、抜き打たれた剣の峰をしたたかに叩き折ると、さらに踏み込み、頭分の首筋を叩きのめしてその場に昏倒《こんとう》させていた。

一瞬の早業だった。

利次郎は、

(なんだか旅に出て太刀風《たちかぜ》が素早くなったようだ)

と考え、

(そうか、朝晩の真剣の抜き打ちの効果が表れたか)

と思い至り、これは若先生のご忠告を守った賜物かと感じ入った。そこへ、

「ま、待て」

と百太郎が駆け付けた。だが、すでに騒ぎは終わり、利次郎が涼しい顔で、

「父上、お歳を考えてください。いきなり走り出されては心の臓が破裂いたしますぞ」

と言い放ったものだ。

四

昼下がり、おえいが離れ屋に姿を見せた。

「磐音、おこん、今宵はうちの亭主どのの帰宅、遅うございましょう。いや、出掛ける折りの様子では、お泊まりの心積もりと見えました。戻らぬ亭主に気兼ねをしても詮無《せんな》いことです。穏やかな日和《ひより》ゆえ、千鳥ヶ淵の寒桜を見物に参りませんか」

「そういたしましょうか」

磐音は二つ返事で答えていた。おこんは返答に迷ったようで、なにか思案していた。

「おこん、夕餉の仕度を考えているのですね」

「下拵《したごしら》えをしていきましょうか」

「おこん、偶には門弟衆に外でご飯を食べてもらうというのは。私どもの若い頃、時に門弟衆に願って玲圓どのと二人、夕刻の散策に出たものです。その帰りに湯島辺りの料理茶屋やら手軽な煮売り酒屋に立ち寄ることもありました」

おえいは遠くを懐かしげに見る眼差《まなざ》しで二人に言った。

姑《しゅうとめ》の香女《こうじょ》が病弱だったこともあり、おえいは嫁に来た当初から佐々木道場の勝手を切り盛りしてきたとおこんは聞いていた。それだけに気を張り詰める暮らしだったと想像されたが、時に玲圓と二人だけの時間を作り出していたのか。

「門弟衆も時には外のご飯もよいでしょうが、早苗さんは私たちに同道させましょうか」

「それがよろしいでしょう」

尚武館のもう一人の若い娘の霧子は、弥助とともに丸目喜左衛門高継と歌女の二人の行方を江戸市中に追っていたため、留守であった。

おえいの意を受けておこんが母屋に行くと、早苗は裏庭で若い門弟衆が薪《まき》を割るのを見ていた。

おこんが外出を伝えると田丸輝信が、

「大先生はお泊まりですか」

と答えるとしばし思案して、

「おこん様、時にわれら外で飯を食するのもようございますが、どうでしょう、われらで夕餉を拵えるというのは。最前、魚屋が浅蜊を置いていったのを見ました。あれを使った浅蜊鍋ならばわれらもできます」

「それもいいな」

と仲間が言い出し、

「おこん様、われらに台所を使わせてください。なあにわれらだって男料理ですが、夕餉の仕度くらいできます」

と田丸輝信が願い、

「お望みならば、おえい様、若先生、おこん様方の膳だって仕度しておきますよ」

と言い出したが、

「あなた方は自らの夕餉作りを好きなようになさいませ。私どもは早苗さんを伴い、食事をして参ります」

おこんは田丸らに酒や米、味噌《みそ》、醬油《しょうゆ》の保管場所を改めて教え、

「味噌蔵の樽に漬物が入っています。糠床《ぬかどこ》を掻き回すのが嫌でなければ、好きなものを出してください」

と告げた。

「われら、おこん様より尚武館の勝手を承知です。ご案じくださいますな」

と一同が胸を張った。それでも早苗が、

「おこん様、私、残って皆様を手伝います」

と言い出した。

「早苗さん、田丸様方の邪魔をしてはなりません。時に男ばかりでわいわい言いながら夕餉の仕度をしてお酒を酌み交わすのも、楽しみなのですからね」

おこんは早苗が尚武館に残ることは許さなかった。

先日の千鳥ヶ淵行きと同じく四人連れだが、霧子に代わっておえいが加わり、尚武館の門を出ようとした。すると季助爺がどこで買い求めたか、梅の盆栽の手入れをしてそれを白山が眺めていた。

「おえい様、おこん様、今夜、田丸様方の浅蜊鍋にわっしもお招きを受けました。なあに、飯炊きのばあさんとわっしがおりますで、若い門弟衆の夕餉作りは心配なさらずともようございますよ」

と季助が請け合ったので、おこんもようやく一安心した。

穏やかな日和で風もなく、冬の陽射しに温もりがあった。そのせいで九段坂の坂上では飴《あめ》売りなどの食い物屋が出て子供たちの人気を集め、大人たちは下方に拡がる江戸の町並みを眺めたりしていた。

「おこん、時に尚武館を離れるのも心が晴れ晴れいたしますね」

おえいは普段あまり外出しないだけに、師走が近づいた江戸の町の賑わいを満足げに見回し、にこにこと楽しそうだ。

「過日、遼次郎さんがお時間をとってくださるよう頼んでおいでだとお伝えしましたが、覚えていらっしゃいますか」

「おお、忙しさに取り紛れて忘れておった」

「遼次郎さんも気になさり、私から伝えてくれるようにとのことでした」

「ほう、遼次郎どのの用とはなんだな」

「関前とも江戸藩邸とも相談した上で、一年に限り尚武館での住み込み門弟を許されたそうにございます。そのことを磐音様にお伝えして、お考えをお示しくださいとのことです」

遼次郎は豊後関前の勤番として、尚武館には通い稽古をしていた。遼次郎の心の中に、磐音がそうであったように尚武館で日夜剣術修行だけに明け暮れる日々があることを、なんとなく磐音は察していた。

「養父上に相談し返事すると伝えてくれぬか」

「磐音様のお考えはいかがですか」

「遼次郎どのは若いのじゃ。苦労は買ってでもしたほうがよかろう」

と磐音は賛意を示した。そして、

「養母上、夕餉になにを食しましょうか。われらが承知の深川では、いささか遠うございます」

と問うた。

磐音の頭には宮戸《みやと》川《がわ》の鰻《うなぎ》があった。

「磐音、おこん、今夕は私にお任せなされ」

おえいにはどこか訪ねたい料理屋でもあるのか、請け合った。

「ならば今宵はわれら三人、養母上の馳走に与《あずか》ってようございますか」

「はいはい、私にも時に外で美味しいものを食するくらいのへそくりがございますよ」

おえいが鷹揚に笑った。

千鳥ヶ淵の水面を今日も鴛鴦が遊泳し、田安屋敷の土手の藪柑子《やぶこうじ》の赤い実が光を受けて輝いて見えた。

一番町の高家瀬良播磨守定満の屋敷は、門を閉ざしてひっそりとしていた。

屋敷の塀から差しかけた冬桜が、風もないのに小さな花びらをはらはらと散らせる景色には、静かに春を待つ風情があった。

「これほど見事な冬桜は見たことがありません」

おえいも感嘆しきりで、澄み渡った冬空を背景に咲く寒緋桜をいつまでも見上げていた。

「養母上、間に合うてようございました」

「お蔭さまで目の保養ができました」

磐音もおこんも先日の不快な思いをおえいの言葉できれいさっぱりと忘れ、瀬良家の門前から立ち去ることにした。

「養母上、どちらに案内《あない》していただけますか」

磐音が訊くとおえいが、

「もう二十年以上も訪ねておりませんので、店があるかどうか。訪ねたい先は湯島下です」

「もし店がないようであれば、湯島界隈ならばあれこれと料理茶屋もございます」

と四人は後戻りするように九段坂に戻り、桂川家の拝領屋敷のある駒井小路を横目に、武家地を南から北へと抜けて水道橋で神田川を渡った。

その頃には冬の陽《ひ》が西に大きく傾いて寒さが戻ってきた。

「養母上、寒くはございませんか」

「おこん、このくらいの寒さは寒さのうちに入りませんよ。それより江戸の町がすっきりと見えて心が晴れ晴れいたします。やはり時には冬ごもりを休んで町に出るのも、憂さが晴れますね」

おえいは外出が嬉しいらしく、大身旗本家の大きな屋敷が並ぶ神田川左岸を聖堂へと、四人の先に立って歩いていった。

おえいが昔の記憶を頼りに磐音、おこん、早苗の三人を連れていったのは、家光の乳母《めのと》春日局が隠居の後に庵を設けていた麟祥院《りんしょういん》をさらに不忍池《しのばずのいけ》へと下った辺りだ。この界隈は里人に、

「湯島の切通し」

と単に呼ばれる一帯だった。湯島天神の西側にあたり、おえいは切通しの途中に立ってしばらく辺りを見回していたが、

「記憶が甦《よみがえ》りました、こちらです」

と切通しに通じる幅一間ほどの道に案内した。

御家人屋敷に囲まれて町屋が狭く広がる湯島切通片町だった。

磐音は切通しは承知していたが、裏通りには縁がなかった。

「早苗さん、そなた、猪肉《ししにく》を食したことがおありか」

とおえいが、黙々と従ってくる早苗に突然訊いた。

この日、早苗はおえいの供というので緊張したか、普段以上に沈黙を守っていた。

「猪《いのしし》の肉にございますか。いえ、食したことはございません」

「おこんはどうです」

「ございます」

「ほう、今津屋さんで猪肉が出ますか」

「いえ、磐音様のお供で豊後関前を訪問した折りのことでございます。辰平さんが豊後を離れるというので、私どもも誘われ、井筒遼次郎さん方、お若いご家来衆が、城下外れの野馬《のま》ノ湯という湯治場《とうじば》に案内し、送別の宴を張ってくれました。その夕餉に猪鍋が出ました」

「おこん、よく思い出したな。養母上、豊後関前では猟師が猪を捕まえ、肉を城下に売りに参ります。猪は冬の風物詩、体が温まり滋養強壮によいというので、中戸道場でもよく食しました」

磐音は食したことがないという早苗を驚かすまいと、猪肉の臭みは口にしなかった。

江戸でも中期頃より、

〈獣店平河町三丁目にあり、毎年冬より春まで獣をひさぐ店おおし〉

と書物にも書き残されているように、冬場から春にかけて、猪のほか、鹿《しか》、狐、兎《うさぎ》、熊、狼《おおかみ》、狢《むじな》、猿などが食用に売られていた。このように野獣を扱う店は、

「山奥屋」

と称されることが多かった。ともかく獣肉の代表が猪肉だ。

「ああ、ここだわ」

おえいが足を止めたのは、軒行灯《のきあんどん》を茅葺きの門に立てた田舎《いなか》家風の建物だった。

門には、

「牡丹《ぼたん》猪鍋篠山《ささやま》」

とあった。

「それがし、初めてにございます」

「玲圓どのがたれから聞き込んできたか、夏の疲れが私の顔に出ていると言って、この店に連れてきたのです」

と磐音らに説明すると、

「ご免なされ」

玄関口でおえいが声を上げた。すると奥から女の声がして老女が姿を見せ、

「ようういらっしゃいました」

と客を迎える挨拶をした。

「女将《おかみ》様、私、こちらを訪ねるのは二十余年ぶりにございます。寒桜を見ているうちに、倅と嫁に猪肉を食べさせようかと思い付きました。席はございますか」

老女がおえいの顔をしげしげと見ていたが、

「もしや、佐々木おえい様ではございませぬか」

昔の客の顔を思い出したか尋ねた。

「いかにも佐々木えいにございます」

「お懐かしゅうございます。玲圓先生は今でも何年に一度かは店にいらっしゃいますよ。おえい様、ほんによう覚えていてくださいました」

老女がおえいに笑いかけ、磐音やおこんを見た。

「おえい様、佐々木家にかような倅様方がおられようとは、存じませんでしたよ」

「いえいえ、私は子を生しませんでしたが、門弟の一人を養子に願い、その養子どのにかような嫁が参りましてな。うちも急に賑やかになりました」

おえいが答えるところに奥からもう一人女が姿を見せて、おえいらに会釈をすると、

「おっ母さん、神保小路の名高い若夫婦のことを知らないの」

と老女に訊いた。

「おや、佐々木様の若夫婦はなんぞ有名なお方ですか」

「若先生は大名家の家老職のご嫡男、そのお嫁様は両替商今津屋にご奉公して今小町と呼ばれたおこん様ですよ」

「今津屋のおこんさんのことは、客人から度々噂話を聞きました。なんとおかみ、あのおこんさんが佐々木家のお嫁様か」

「尚武館佐々木道場の若夫婦は、お内裏《だいり》様とお雛《ひな》様と評判のお二人です」

「おやおや、鄙《ひな》びたお内裏様とお雛様ですこと」

おこんが苦笑いし、おみちと呼ばれた若女将が四人を、囲炉裏が切られた座敷に案内してくれ、

「昔は猪肉など戸外で調理したものですが、ただ今ではかように料理屋でも囲炉

裏端で供します。匂いを嫌がる人のために、臭みとりの工夫があれこれと調理に加えられました」

と説明した。

四人が囲炉裏端に座し、おえいが猪鍋と酒を注文した。

庭に面した障子が開け放たれていた。そのせいで、陽が落ちてどんどん気温が下がるのが分かった。だが、磐音らの前には囲炉裏があって炭火があかあかと燃え盛っていたため、寒さは感じなかった。

「養父上も今頃は、昔仲間とご酒を酌み交わしておられましょうな」

「なにしろあの中では玲圓どのは若僧扱い。どなた様からも酌を受けるのに忙しいことでしょう」

燗《かん》徳利に酒が運ばれてきた。盃《さかずき》は三つだ。

「養母上、お一ついかがにございますか」

「亭主どのが留守ゆえ、私もご酒を頂戴いたしましょうか」

磐音がおえいとおこんの盃を満たし、おこんが磐音に酌をした。

「早苗さん、お酒はもうしばらくお預けよ」

おこんが笑いかけると早苗が、

「うちでは酒は厄病神《やくびょうがみ》。母上も私たち子供も酒だけは見とうございません」

「これは困ったぞ」

「いえ、若先生、和やかなお酒ならどれほど嬉しいでしょう。父上の酒は際限がございませぬゆえ、皆様方の酒の楽しみ方とはまるで違います」

と早苗が父の武左衛門の酒を情けなくも思い出した。

「早苗どの、父御ももうお歳ゆえ、そろそろ落ち着かれよう」

磐音は武左衛門が一夜無断で屋敷を離れ、佃島で夜を明かした騒ぎを、早苗には告げてなかった。

「それなら宜しいのですが、そう易々とは直りそうもございません」

と答えた早苗が、

「申し訳ございません。父の話をするとつい陰々滅々とした気分になります。皆様、どうかご酒を楽しまれてください」

と謝った。そこへ鉄鍋が運ばれてきて自在鉤《じざいかぎ》に掛けられた。そして、大皿に赤身の猪肉が大輪の牡丹の花のように、彩り鮮やかな野菜と一緒に盛られて出てきた。

「おや、昔は野趣豊かな猪鍋であったようですが、随分と洗練されましたな」

と大皿に目をやったおえいが感心した。

「おえい様、猪肉を屋根の下で食するのでございますから、穢《けが》れをお客様に感じさせてもならず、うちでもあれこれと肉の盛り方、味付けも工夫を重ねて参りました」

とおみちがおえいの感想に応じて、自在鉤の鉄鍋の蓋をとり、味噌仕立ての汁に猪肉をさっと湯通しして、

「この頃合いでお召し上がりください」

と勧めた。

おえいが二十余年ぶりの猪鍋の料理を食して、

「おおっ、二十余年前より格段に味付けが美味しくなっておりますよ」

と感嘆した。

磐音も国許の野馬ノ湯の猪鍋とはまるで異なる猪肉の料理に、驚きを隠せなかった。

「おこん、豊後関前の鍋とはまるで違うた料理じゃぞ」

「ほんに、なんとも美味しそうな鍋でございますね」

早苗までが鼻をくんくんさせて、

「おこん様、私、初めての猪鍋早く食しとうございます」

と催促した。

湯島切通片町の牡丹猪鍋篠山で四人が猪鍋を堪能し終えたとき、佐々木玲圓は滝野川村で雇った駕籠《かご》に揺られて神保小路へ戻るところであった。

宴《うたげ》の次第では大浦のご隠居の庵に泊まる気も玲圓にはあった。

だが、玲圓より一回りも二回りも年上の大浦らは、玲圓が想像したよりも酒に弱くなっていた。

酒宴が始まった一刻半（三時間）あまりは昔話に大いに気炎を上げていたが、いつしか大酔いし、同じ昔話を繰り返した果てに寝入る者も出てきた。

さすがに主役の大浦の隠居は泰然としていたが、五つ（午後八時）の時鐘を聞いた玲圓は、

「大浦のご隠居、本日は深々と酒を馳走になり申した。その上、昔話を懐かしく聞き、先代の法会を催した気分にございました。それがし、皆様とご一緒いたしたく存じますが、朝稽古もございますゆえ、これにて失礼いたします」

「なに、玲圓どの、今宵はお泊まりではないのか」

と大浦がちょっと残念そうな顔をした。

「養子を迎え、お蔭さまでそれがしの代で佐々木道場を絶やすことだけは食いとめました。最前から大浦のご隠居らの話を聞いていて、今宵磐音を伴うべきであったと反省しきりにございます。この次は養子の磐音と嫁のおこんを伴いますので、その折り、ゆるりとお話ししとうございます」

と大浦の隠居所を辞した。

駕籠に揺られていると酒の酔いが加わり、玲圓はいつしか眠りに落ちていた。どれほど時が過ぎたか。

玲圓は夢を見ていた。夢を見ていると意識しつつ夢を見ていた。そこでは駕籠に揺られる玲圓をもう一人の玲圓が、

「そなたも酒が弱くなったな」

と語りかけて観察していた。

不意に玲圓の脳裏に一本道が浮かんだ。

夜道に星明かりが降り、野道を朧に浮かび上がらせていた。

道の向こうに、花笠を被った孫娘に手を引かれた盲目の剣客が映じた。

「丸目喜左衛門高継と孫娘の歌女」

だ。

「待て、丸目高継」

夢の中で玲圓は呼びかけていた。だが、夜道を行く二人連れは、遠のきもせず近寄りもしなかった。

不意に駕籠が止まって玲圓は夢から醒《さ》めた。

「神保小路に到着したにしては早いのう」

「お武家様、そなた様を待つ人がございます」

「なに、待つ人とな」

「目の見えない剣術遣いと娘が、そなた様を道の先で待ち受けておられます」

玲圓は、

「草履を頼む」

と願うと駕籠から下りた。

「さてその二人連れはどちらに」

駕籠かきの先棒《さきぼう》が行く手を振り返り、

「あれっ、最前までわっしらの前を歩いていた二人連れはどこに消えちまったか」

と訝しげな声を上げた。

玲圓は、

「そなたらも、それがしと一緒になり夢を見たか」

と笑いかけると、再び駕籠に乗り込んだ。

第五章　加持祈禱

一

磐音がおえい、おこんの供をして早苗とともに神保小路の尚武館に戻ったのは、五つ半（午後九時）の刻限だ。早苗の、

「おえい様、若先生、おこん様、ただ今戻られました。通用口をお願いします」

との声に白山がわうわうと吠え声を上げ、すぐに季助によって通用口が開かれた。

「季助、旦那様はお戻りではあるまいな」

おえいがまずそのことを気にして尋ねた。

「ただ今のところそのご様子はございません」

「ならば今宵は、滝野川の大浦様の隠居所にお泊まりでしょう」

とおえいが自らに得心させるように呟いた。おこんが、

「季助さん、若い方々はちゃんと夕餉の仕度ができたでしょうか」

「おこん様、今のお若い方は案外器用なもので、白葱《しろねぎ》や大根たっぷりの浅蜊鍋をわっしも馳走になりました。味もなかなか、後片付けもきちんとなさっておられますよ。あの分なら、時々このような外出をなさっても大丈夫にございますよ」

と季助が報告した。

「それはなによりでした」

早苗など、屋敷に戻ったらまず後片付けをしなければと思ってきたのだが、なんとなく拍子ぬけの顔である。すでに長屋に引き上げたか、田丸輝信ら住み込み門弟衆も静かだった。

磐音は白山のかたわらに霧子がひっそりと佇んでいるのに気付き、歩み寄ると、小声で訊いた。

「霧子、あの二人連れの塒《ねぐら》が分かったか」

「いえ、そうではございませぬ」

霧子の声音には緊張があった。

「桂川甫周先生からの言伝《ことづて》にて、急ぎ西の丸に登城していただきたいとのことにございます」

「相分かった。霧子、いつから待っておる」

「半刻（一時間）前からにございます」

「ぬかったか」

という後悔の言葉とともに磐音の背に悪寒が走った。

「おこん、これより西の丸に上がる。長船与三左衛門尉祐定を持参いたす。霧子に持たせよ」

と命じた。

「磐音様、お召し替えはいかがなさいますか」

「召し替えにて時を費やしたくない。このまま参ろう」

「今すぐに」

おこんが急ぎ離れ屋に戻り、霧子と早苗が従った。

「尚武館を留守にいたしたのが、後々障《さわ》らなければいいのですが」

おえいがそのことを気にした。

「これより登城いたさば事情も判明しましょう。養母《はは》上《うえ》、無益な心配はなさらないように」

おえいに答えた磐音は季助爺《じい》に、

「季助どの、水をくれ」

と願った。

季助が門脇の寝泊まりする長屋に戻り、竹柄杓《たけびしやく》に水を汲んできた。

磐音はおえいとおこんの相手で一合ばかりの酒を飲んでいたが、酔いはすでに醒めていた。季助から受け取った柄杓の水で口を漱《すす》いだ。

「お待たせしました」

霧子が家基の佩刀の長船祐定を持参した。すぐに磐音に差し出さないところを見ると霧子も同道する気のようだ。

「季助どの、灯りを持参いたす」

佐々木家の家紋入りの提灯が用意され、新しい蠟燭に灯りが灯された。それを霧子が持とうとするのを、

「ならば祐定と交換いたそうか」

霧子の手の刀と提灯を交換すると、おえいに願った。

「養母上、今宵は養父上《ちちうえ》もお留守にございます。母屋と離れ屋は女ばかり三人ゆ

え、今宵一晩ご辛抱ください」

「うちは門弟衆も大勢おります。磐音、尚武館を案じることは一切ございません
よ」

おえいの言葉に見送られて、磐音は霧子を従えて神保小路から急ぎ西の丸へと
向かった。

「霧子、桂川さんは、すでに西の丸に登城なされておられるのじゃな」

「はい」

「そなた、仔細を承知か」

霧子が西の丸に出来《しゅったい》した騒ぎをなぜ承知かと考えたとき、西の丸に弥助とともに潜入していたことが推測された。

当然、二人の行動は家基の身を案じてのことだ。ゆえに桂川国瑞の使いの役目を命じられることになったのではないかと、磐音は推測した。

「西の丸様、俄《にわか》のご発病にございます」

「容態はいかに」

「熱に浮かされて、うわ言を洩らされておられます」

と答えた霧子が、

「悪い夢を見ておられるようで、甫周先生をはじめ、御典医衆が熱を下げようとあれこれ手を尽くしておられますが、なかなかご回復の兆《きざ》しが見えません」

「西の丸様のご発病はいつからじゃな」

「発熱は昼過ぎからでしたが、さらに熱が上がり、意識を失《な》くされたのは、日没後のことにございます」

「およその事情は分かった」

二人はさらに足を速めて御堀の縁を鎌倉河岸《かまくらがし》へと下り、神田橋御門から譜代《ふだい》大名家が甍《いらか》を並べる大名小路に入った。

御門番には、西の丸様剣術指南役の鑑札《かんさつ》を見せての通過だ。さらに辰ノ口《たつのくち》から内堀を和田倉御門で渡り、会津藩松平家の屋敷を塀伝いに、西の丸大手御門で西の丸に入った。西の丸下乗門《げじようもん》内に、家基の御近習の依田鐘四郎が磐音の到来を待ち受けていた。

「依田様、遅うなり申した」

「案内《あない》つかまつります」

鐘四郎は緊張を刷《は》いた顔で磐音の言葉に応じた。霧子は提灯を吹き消すと、すうっと闇に溶け込んだ。

磐音の案内が霧子から鐘四郎に代わった。二人だけになったとき、鐘四郎が、

「若先生、ご苦労に存じます」

と家基の家臣として磐音を労った。

「依田様、養母らと他出をしておりまして遅くなりました」

「昼過ぎに発熱なされたとき、御典医方が呼ばれ、御寝所を変えられました。その折り、若先生が悪霊など憑《つ》かぬよう御守り刀として残された近江大掾藤原忠広が枕辺から外されたそうな。その直後高熱を発せられ、意識を失われたのでございます」

磐音は鐘四郎の案内で玄関から遠侍《とおさぶらい》、書院と伝い、御座の間のかたわらの廊下を抜け、西の丸大奥寝所へと初めて入った。

磐音は剣術指南役として書院広縁までしか知らなかった。

西の丸は二の丸御殿とも呼ばれ、将軍の隠居所あるいは世継ぎの居所として寛《かん》永《えい》年間（一六二四〜四四）に設けられたものだ。本丸の大奥と異なり、世継ぎの家基が主《あるじ》の西の丸大奥は美姫が侍《はべ》る場所ではない。

大奥の御寝所近くに、重苦しい緊迫が漂っていた。

た。

「しばらくこちらでお待ちを」

鐘四郎が磬音を控え座敷に待たせて奥へと消えた。

磬音は物音ひとつしない静寂の中、家基の病が軽からんことを胸の中《うち》で祈願した。

磬音は西の丸大奥にどんよりと漂う妖気《ようき》を感じていた。

「佐々木磬音どの、こちらへ」

御小姓が磬音を呼びに来た。

家基の寝所に接した書院に、西の丸老中、若年寄、御典医、御番衆、御小姓衆が詰めかけていた。

磬音を見知らぬ西の丸の諸役の中には、

「あやつ、何者か」

と訝しむ目もあった。

磬音は御小姓に導かれて御寝所上段の間に入った。

家基は斑枝花《パンヤ》の綿毛を入れた上畳の上に、羽二重《はぶたえ》の蒲団《ふとん》を敷き縮緬《ちりめん》の搔巻《かいまき》をかけて寝ていた。その枕辺に控えた桂川甫周国瑞が家基の脈をとっていた。

磬音が上段の間の一角で平伏した。

その様子に国瑞が気付き、会釈を送ってきて、磐音も、

「ただ今到着」

と沈黙裡《り》に告げた。その時、突然、

「うっううっ」

と熱に浮かされて洩らす家基のうわ言が響いた。御寝所に控える人々の緊張を、さらに一段と高めた。そして家基のうわ言が消えると、沈鬱《ちんうつ》とした静寂が西の丸御寝所に漂った。

なんとも重苦しい気配だった。

国瑞が家基の枕辺から磐音のほうに移動してきて、

「家基様が時に佐々木さんの名を口にされますので、私が西の丸老中宇佐美《うさみ》様にご相談申し上げ、お呼びいたしました」

と小声で告げた。頷き返した磐音は、

「家基様のご容態はいかがにございますか」

「高熱を発しての昏睡《こんすい》がすでに二刻（四時間）以上も続いています。解熱薬をご服用願いましたが、熱が下がる気配は全くございません」

「甫周先生、風邪《かぜ》からの熱でしょうか」

「今一つ、私の医学の知識を超えた怪奇な現象かと存じます」

と答えた国瑞が、

「佐々木さん、家基様が時折り、おのれ、丸目喜左衛門めとか、怪しげな娘とか洩らされます」

「それがしに洩らされた丸目高継と歌女の二人が夢の中に現れ、家基様に害を為《な》しているのでしょうか」

「そうとしか考えられぬゆえ、お呼びいたしました」

「西の丸ご老中方のお考えはいかに」

「宇佐美様方は、蘭方医《らんぽうい》、漢方医の治療が効かぬ以上、加持祈禱《かじきとう》に縋るしかないと、御寝所近くに護摩壇《ごまだん》を設けて即刻祈禱を始める考えにございます」

「甫周先生、家基様の高熱がとれぬ場合、御命に関わる事態が生じましょうや」

「そのことを危惧しております」

「加持祈禱で家基様のご容態が快方に向かいましょうか」

「医学の力を万能などと思うたことはありません。また加持祈禱が無益とも考えておりません。ですが、こたびの高熱の因《もと》を取り除くには、加持祈禱が有効とも思えぬのです」

「甫周先生、それがしにできることがありましょうか」

「もし高熱の源が丸目喜左衛門、歌女の二人の仕業ならば、佐々木さん、あなたしか二人に太刀《たち》打ちできる者はおるまいと考えます。ただし、その手立てがいかなるものか、蘭学医の私には正直、想像もつきません」

と胸の中《うち》を国瑞が正直に吐露した。

御小姓が桂川国瑞を呼んだ。

「それがし、家基様御側《おそば》に侍ること許されましょうか」

「宇佐美様には願うてございます」

「ならばこの場に控えております」

磐音は家基の快癒の日までこの場を動かぬことを、心に決めた。

加持祈禱が始まった様子で、護摩壇の前で行者が印を結び、真言を唱える気配が伝わってきた。

その直後、家基は唸《うな》り声を発し、なにか悪霊に責め苛《さいな》まれている様子を見せた。

国瑞が枕辺に戻り、冷水に濡《ぬ》らした手拭いを額に当てたが、すぐに手拭いは乾いた。

加持祈禱は夜どおし続き、家基の苦しむ声もまた絶えることはなかった。

磐音は加持祈禱の邪魔をせぬよう無念無想に自らを律し、ただ家基のもとに侍り続けた。

夜明け前、不意に祈禱の声が消えた。

国瑞が磐音のかたわらに姿を見せて、

「加持祈禱を一旦中断してもらいました。家基様のお体から急に力が失せましたので」

「熱はいかに」

「相変わらず下がりません」

「甫周先生、この御寝所の間は、しばらくそれがしと家基様だけにしていただけませぬか」

「なんぞお考えがおありですか」

「効があるかないか、それがし、確信はござらぬ。なれど相手が丸目喜左衛門高継と孫娘の歌女の二人ならば、なんぞ工夫が立とうと思うたのです」

しばし沈思した国瑞が、

「佐々木さん、私がいては邪魔ですか」

「甫周先生ならば、家基様もお心を許された仲、なんの支障もございますまい」

「ならば私が新しい治療をすると申して、人払いをしましょう」

桂川国瑞が老中宇佐美のもとに行き、長いこと相談していたが、上畳の四隅に控える御小姓衆が外へ呼ばれて、御寝所の間は家基と国瑞と磐音の三人だけになった。

磐音は羽織を脱ぐと、長年遣い込んだ備前包平《びぜんかねひら》の下げ緒を解き、襷にかけた。

国瑞は黙ったまま、家基の枕辺から磐音の行動を見詰めていた。

磐音は御寝所の間から家基が赤い顔をして眠る上畳に向かって黙礼すると、両眼を閉ざして瞑想《めいそう》した。

家基の荒い息遣いだけが西の丸に響いていた。

磐音にはその息遣いの音も消えて、

「無」

の境界に入り込んだ。

すると磐音の無念無想を破壊しようとする妖しげな風が吹き荒れて、遥か遠くに二つの影が浮かんだ。

盲目の剣客丸目喜左衛門高継と孫娘の歌女の二人連れだ。

「丸目高継、歌女、なにゆえ西の丸様のお心を騒がし申すか」

「佐々木磬音か」

「いかにも佐々木磬音にござる」

丸目が竹杖を捨て、歌女の手を解き、剣を抜いた。

磬音もまた包平を鞘走《さやばし》らせた。

磬音と丸目高継の間には、幾万光年もの空間が横たわっていた。

「家基様のご健康を損ずる輩《やから》、何人《なんぴと》たりとも許せぬ」

盲目の老剣客と磬音は同時に、茫漠《ぼうばく》たる間合いを縮めんと走り出した。見る見る間合いが縮まり、丸目高継が右肩に担いだ剣を閃《ひらめ》かせた。

磬音は宇宙空間へと飛んだ。そして、丸目の頭上から包平を、

「ええいっ！」

とばかりに裂帛《れっぱく》の気合いを発して振り下ろした。

丸目の五体が、すうっと横手に流れて、刃《やいば》を避けた。

磬音は二の手、三の手を迅速に繰り出した。

その直後、丸目は歌女が待つ遠い地に飛び戻っていた。

丸目が戦いを避けたことは明白だった。

磬音の視界に靄《もや》がかかり、それが風に吹かれて消えていった。

磬音が包平を下げて立つ前に、家基の眠る姿があった。そして、妖気が見る見る御寝所から消えていき、家基の寝息が平静に戻った。

枕辺に控える桂川国瑞が家基の脈を測っていたが、額に手を差し伸べて、

「お熱が下がりましたぞ！」

と驚きの声を上げた。

磬音は静かに包平を鞘に戻そうとした。

その瞬間、仕切られていた御寝所の間に西の丸老中ら重臣が姿を見せ、磬音が抜き身を鞘に納める姿に目を見張った。

家基ががばと寝床に起きて、

「喉が渇いた、たれぞ水を持て」

と言う声が、御寝所の間に力強くも涼やかに響いた。そして、その場に磬音があることがあたかも当然のごとく、

「磬音、造作をかけた」

と言葉をかけた。

「西の丸様、ご回復にございます」

国瑞の誇らしげな声が、西の丸御寝所の間に家基快癒を告げた。

二

家基の意識が戻っても、磐音は西の丸に三日間滞在した。

家基の脳裏に入り込み、夢とも現《うつつ》とも知れぬ怪異として家基を悩ませ、高熱を発しさせて体をじわじわと衰弱に導こうとした盲目の老剣術家丸目喜左衛門高継と、その目となって手を引く孫娘の歌女は、家基の思念から一旦消えていた。

磐音には、二人がすぐに家基の思念の中に戻ってくるとは思えなかった。だが、桂川国瑞ら西の丸御典医から、熱を発したために弱った家基の体力が回復するのを手伝うよう、相談を受けた。

家基の危機を、佐々木磐音が剣技で退散させたのだ。

国瑞ら御典医、御側衆、御近習衆らは、磐音の人柄と剣技に心酔し、磐音の西の丸逗留《とうりゅう》を歓迎した。だが、老臣の中には、

「直参旗本でもない者が」

と露骨に嫌悪を示す者もいた。

彼らは、しばらく床を離れることなく体を休め、薬や食餌《しょくじ》療法で体力の回復を

待つがよいと強硬に主張した。が、国瑞らは、

「医学には恐れながら限界がございます。となれば、家基様がご信頼される佐々木磐音どのの指導の下、普段どおりの暮らしをなさることが、西の丸様のご回復に大きな力を生み出す因かと存じます」

静養よりも体を動かして筋肉を解きほぐし、気力を新たにすることを主張した。

一方、老臣らは、

「桂川どの、そなたに釈迦《しゃか》に説法は承知じゃが、あのように高熱を発した折りには人間、随分と体力気力を消耗するものでござる。病後は静養と食餌療法が肝要と存ずるが、この儀いかに」

と頑強に言い募った。

国瑞が、意見を述べることなく控える磐音を見て言った。

「家基様がお望みのことをなさるのが宜《よろ》しいかと存ずる」

すると家基自身が、

「予は寝所にいることに飽き飽きした。戸外の風に当たりたいものじゃ」

と言うと床から離れて庭に出た。

「爺、予の体を爽《さわ》やかな気が流れていくようじゃ。もはや案ずるな、家基の病は

去った」

と自ら宣言し、磐音や新見《にいみ》朔之丞《さくのじょう》らを従えて散策を始めた。

縁側から見守る桂川国瑞ら御典医も、

「家基様はすでにわれら医師の手を離れて、元気になられたとお見受けいたします」

と家基の意思を尊重するように老臣方に願った。

そのような会話は知らぬげに家基は磐音を手招きして、

「そのほうが来ると分かっておったぞ。ちと遅かったがのう」

と囁いた。

「恐れ入ります」

「盲《めしい》の老剣客は何者か。妖気を漂わせておるが、われらが世界に生きる者とも思えぬ。異界から参った者か」

「家基様、タイ捨流の達人に丸目喜左衛門高継なる剣術家がいたのは確かにございます。されどその者なれば、元禄年間に武名を知られた若武者とか。となりますと、齢《よわい》すでに百歳を超えた翁《おきな》にございます」

「ほう、百歳の甲羅を経た剣客が予を悩ましおるか」

「あの者、家基様のご思念の中に入り込み、どのような悪戯《いたずら》をなさんといたしましたか」

「磐音、それが曖昧としておるのだ。いや、あの者と娘が予を死の淵に誘おうとしたのは確かなことじゃ。そなたのお蔭で不意に、苦しみの中からこの世に連れ戻された後、なにが起こっていたのか、どうしても思い出せぬ」

「家基様は、それがしが御寝所の間に控えておることを承知しておられたようにお見受けいたしました」

「磐音、過日、家基の危難なれば何処《いずこ》へなりとも駆け付ける所存であると言うたな」

「いかにも」

「ならば、異界であれどこであれ、家基がそなたの助けを待っておっても不思議ではあるまい」

家基は邪心のない答えを返したものだ。

その日、山里の庭を散策した後、磐音や御近習衆とともに昼餉を食した。家基がそう望んだからだ。まだ家基の膳だけは粥《かゆ》であったが、

「粥では力が出ぬ。磐音らと同じ膳部を持て」

と命じて、家基も硬く炊いた飯を菜とともに食した。

その様子を老臣らは、ひやひやとした顔付きで見ていた。だが、食後、家基の表情に明るさが戻り、力が漲《みなぎ》るのが見えてきた。ために老臣らも家基の意思を尊重せざるを得なくなった。

磐音は、家基と歩く散策の時間と距離を少しずつ伸ばしていった。体を動かせば食欲も自然と湧《わ》く。御小姓衆、御近習衆とともに競争するような食事を摂って活力が蓄えられた。

そのような日、

「磐音、そなた、物を食するとき、無心に、しかもなんとも幸せな顔をして食べておるが、なにか謂《いわ》れがあるのか」

と家基が興味を持って尋ねた。

「恐れ入ります。家基様にはお気付きになりましたか。これは幼少の頃、母の教えがつい習わしになったものにございます」

「母者《ははじゃ》の教えとな」

「はい。食べ物はお百姓衆をはじめ、漁師方の汗と労の結晶であるゆえ、感謝の気持ちで咀嚼《そしゃく》せねばと常々注意を受けました。それがいつしか、無心に食する習慣を身につけたかと思われます」

「おこんはなにも言わぬか」

「母の教えは一理ございます。されど成人したのち、心を許した朋輩《ほうばい》と食するときは、あれこれ話しながら味わうのが楽しゅうございましょう。おこんと食事をするときは、そう心がけております」

「磐音は幼い心を残した大人よのう」

若い家基が感心して磐音を見たものだ。

家基の体調の回復とともに、西の丸御殿の庭を離れて、道灌《どうかん》堀を超えた新馬場から吹上御庭を訪ねることもあった。

体力と気力が回復すれば、妖しげな剣術家丸目高継、歌女など家基の思念の中に戻ってくるはずはない、と磐音と国瑞が話し合っての運動だった。

家基は桜田堀や半蔵堀の向こうの道を往来する武家や町人の姿を望んで、磐音にあれこれと市井の暮らしを説明させた。

「磐音、あの男は青竹を担いでいくが、なんの用に供する気か、七夕《たなばた》の笹《ささ》ではあるまい」

「家基様、七夕は文月《ふづき》の風物詩にございます。師走に入りますと神社仏閣など煤《すす》はらいをいたします。その煤はらいの竹を売り歩く者にございます」

「煤はらいの竹を売って、暮らしが立つのか」

「江戸には何処にも竹藪《たけやぶ》がございます。手近の竹藪から伐《き》り出せば、いくらもございましょう。ですが、江戸の町人は節句や旬《しゅん》の食べ物を大事にしておりますので、そのような節句ものを売り歩く者に対して、それなりの値で購うのでございます」

「ほう、季節を迎えるためにはそのような出費も要るのか」

「そのような気遣いから季節感が生じ、相身互いの情も生まれます。これが家基様の司《つかさど》られる江戸庶民の暮らしにございます」

家基は飽きずに半蔵堀の向こうの景色を眺めていた。

磐音はふと、遠く千鳥ケ淵の瀬良播磨守家の冬桜が花を散らしていることを見た。葉桜になった冬桜に一瞥《いちべつ》をくれると、

「家基様、そろそろ西の丸に戻りましょうか」

と願った。

「磐音、もはや家基の体は回復いたした。明日から剣術の稽古を始めようぞ」

「そのお気持ちが生じたならば、本復は確かなものにございましょう。ならば西

の丸へと駆け足にて戻りましょうか」

「おお、磐音には負けぬぞ」

と家基が先頭で走り出した。


磐音が西の丸から尚武館に戻ったのは、桂川国瑞の呼び出しに応じて五日目の昼前のことだった。すると尚武館から三味線の調べが響いていた。

「おや、本日は端唄の稽古の日であったか」

三味線の爪弾《つまび》きに合わせていい喉が響いてきた。女師匠の文字《もじ》きよの声のあとにおこんの声が続いたが、いまだ声に落ち着きがなかった。息が続かぬのか、すぐに、

「あら、困ったわ」

とおこんの言い訳が風に乗って聞こえてきた。

白山が磐音の姿に気付き、尻尾《しっぽ》を振り、身をくねくねさせて吠えた。そのせいか、離れ屋の三味線の調べも止まった。

磐音が離れ屋に向かうと玄関におこんがいて、

「お帰りなさいませ」

と稽古に紅潮した顔で出迎えた。

「本日は師匠がお見えの日であったか」

「そればかりではございません。鶴吉《つるきち》さんとおこねさんが、赤ちゃんを連れてお見えになっています。ああ見物人が多くては、初心者の私などあがってしまって、いよいよ声が続きません」

と苦笑いした。

「忙しさに紛れて、鶴吉どのとおこねどののお子の誕生祝いにも参らなんだが、無事に生まれたか」

「鶴吉さんの立派な後継ぎができました」

「男の子か。名はなんという」

「待乳山聖天社《まつちやましょうでん》から一字貰い、聖吉《しょうきち》さんと名付けられたそうです」

磐音が離れ屋の居間に向かうと、女師匠の文字きよ、おえい、おこね、それに生まれたばかりの聖吉を膝に抱いた鶴吉がにこにこと笑っていた。

「若先生、留守にお邪魔しております」

鶴吉が声をかけた。

「鶴吉どの、おこねどの、われら、お子の誕生に気付かず失礼をいたし申した」

「いえ、わっしらがお知らせするのが遅れまして、大恩人に対して相すまぬことにございます」

「そのようなことは案じめさるな。それよりそれがしに聖吉どのを抱かせてくれぬか」

と鶴吉の手から聖吉を抱き取った。

「おお、ずしりと重いぞ」

磐音が腕を伸ばして高々と差し上げると、聖吉が笑い声を上げた。

「うむ、これならば鶴吉どのの跡を継いで、立派な七代目三味芳になろうな」

「磐音様、私にも聖吉さんを抱かせてくださいな」

「おこん、先ほど抱かせてもろうたのではないのか」

「いえ、鶴吉さんたちは稽古の最中にお見えになりましたので、聖吉さんを抱くどころではございませんでした。私が顔を真っ赤にして出ない声を張り上げていたものですから、最初、聖吉さんは泣き出し、抱くどころではなかったのです」

「それは気の毒な」

磐音がおこんに聖吉を渡すと、

「近くで見ると、美男美女の鶴吉さんとおこねさんのよいところばかりを持った顔立ちです。きっと鳥越界隈で娘衆を騒がせる男前に育ちますよ」

と頬ずりした。

磐音はあらためて文字きよに会釈したのち、おえいに声をかけた。

「養母上、ただ今戻りました」

「ご苦労にございました。西の丸様のお加減はいかがですか」

「もはやなんの案じることもございますまい」

「それは慶賀に堪えないことにございます」

「養父上は道場ですか」

「そなたが留守ゆえ、連日張り切って道場に出ておいでです」

「ご挨拶して参ります」

と言う磐音に、

「お昼は聖吉どののお祝いに、皆で五目鮓《ずし》を作ることになっております。師匠にも残っていただき、ささやかながらお祝いをいたしましょう」

とおえいが告げた。

「それは楽しみな。それがし、道場を覗いて参ります」

羽織を脱いだ小袖に袴、脇差《わきざし》を残しただけの姿で、離れ屋から道場に向かった。

するとまでの竹刀を打ち合う響きが絶えて、なにか緊迫の気配が漂っているように思えた。

磐音は尚武館の見所脇《けんぞ》の戸口から道場に入った。すると玲圓が中央に立ち、股立ちを取った武家と木刀を構えて立ち合おうとしていた。

相手は三十五、六歳の恰幅《かっぷく》のいい武家で、供侍三人を従えていた。何《いず》れも腕に覚えのある者のようで、道場の床に悠然と控えていた。

「養父上、ただ今戻りました」

尚武館にはしばしば、勤番で江戸に出てきた諸大名家の家臣やら旅の武芸者やら、時に道場破りが姿を見せることがあった。

いずれも武芸自慢、腕自慢の面々だ。

そのような折り、玲圓や磐音の判断でまず高弟や師範らが立ち合い、いきなり尚武館の主《あるじ》が出ることはない。

磐音は、本日の相手が勤番者ではなく、大身旗本の当主と判断した。

余裕綽々《しやくしやく》の構えからしてなかなかの技量の持ち主と見受けられた。それにしても、江戸に拝領屋敷を構える旗本が武名の高い尚武館に乗り込み、玲圓に立ち合いを求めるのは、いささか尋常ならざるものがあった。

また元師範の依田鐘四郎は本日西の丸出仕の日にあたり、最前別れてきたばかりだ。ために玲圓自らが立ち合わざるを得ないと判断したのであろうと、磐音は思った。

「おお、戻ったか」

「それがしが代わります」

「いや、それがしを名指しゆえ、それがしがお相手いたす」

磐音は玲圓に頷き返すと、見所前まで引き下がった。

玲圓と相手の武士が改めて構え合った。

互いに堂々とした重厚な相正眼《あいせいがん》である。

一分の隙もないと、磐音は玲圓の対峙者の動きを見詰めた。

不動の構えがゆるゆると続いた。尚武館の時が停止したかに思える、そんな対決であった。

半刻が過ぎた頃合い、相手の正眼の木刀の切っ先が静かに下がり、玲圓の喉元を狙うように、

ぴたり

と止まった。

当代の剣術家の五指に数えられる佐々木玲圓に向かい、突きの構えはあまりにも大胆すぎるものだった。突きは決まれば必殺技だが、一撃目を避けられると自ら破綻《はたん》を招く技であった。

玲圓は微動だにせず、泰然たる正眼のままだ。

相手の紅潮した顔が青く変わり、両眼が細く閉じられた。

磐音はその瞬間、相手の供侍が身を乗り出すように腰を浮かせたのを目の端に捉《とら》えていた。

「おおっ！」

と裂帛の気合いが響き、突きの構えの木刀が尚武館の空間を二つに裂くように伸びて、玲圓の喉元に至った。

玲圓の木刀がわずかに動いた。

動いたか動かぬか分からぬほどの移動だった。

必殺の突きを、そのわずかに移動した玲圓の木刀が弾いて、

かーん

と乾いた音を響かせ、さらにしなやかに躍ると、流れる相手の肩口に、

びしり

と木刀を止めた。それでも鈍い音が尚武館の広い道場に響き、相手ががたんと両膝を床に屈していた。

肩の骨が砕けたか、と磐音が考えたとき、三人の供侍が刀を手に玲圓に迫ろうとした。するすると三人に立ち塞がった磐音が、

「勝負はござった。愚かな行動を取られるは、そなたの主どのの体面を汚すことになり申す。お下がりあれ」

と制止した。

三人のうちの一人が抜き打ちに磐音に斬りかかった。

磐音は腰の脇差を抜くと相手の踏み込みに合わせて内懐《うちぶところ》に迫り、脇差で、刃渡り二尺八寸余はありそうな豪剣を道場の床に弾き飛ばしていた。そして、
くるり
と回した脇差の切っ先を素手になった相手に突き付け、

「主どのをお連れして去るがよい」

と大喝した。

四人の主従がすごすごと尚武館から姿を消したのはその直後だ。

「ご苦労であった」

何事もなかったように、玲圓が木刀を片手に磐音に言葉をかけた。

母屋で、珍しくも玲圓と磐音の父子の二人だけが、早苗の淹《い》れた茶を喫しながら対面していた。

三

玲圓が道場破りとも思えぬ武家の挑戦を退けたあとのことだ。

磐音は玲圓の表情から、四人連れの主従の訪問を大変不快に思っていることを察し、西の丸様本復の経過を先に告げた。

玲圓の表情がだんだんと解《ほぐ》れていくのが分かった。うんうんというように頷いたあと、しみじみとした口調で、

「磐音、そなたが佐々木の家に入ってくれたお蔭で、われら夫婦がどれほど安堵しているか、そなたには分かるまいのう」

と洩らしたものだ。

「養父上や養母上のご期待に、それがしとおこんが応えているのかどうか、いつも案じております」

離れ屋から、女たちの五目鮓作りが始まっている気配がなんとなく伝わってきた。それは武家地にある剣道場の平穏な暮らしの物音だった。

「いや、佐々木家にとってだけではない。わが佐々木家の先祖が表立ってのご奉公を辞して以来、幕外にあって微力ながら徳川様をお支えしてきた。このことに、それがしはいささかの不満もない。ただ一心に、与えられた宿命を果たす、そのことのみを考えてきた」

磐音は黙って玲圓の述懐を聞いていた。聞きながら、玲圓が立ち合った相手の一件が関わっての言葉だと思い至った。

「小普請《こぶしん》ながら直参旗本千七百石といえば、世が世であれば士分八人、立弓一人、鉄砲方二人、槍《やり》持五人、甲冑《かっちゅう》持二人、長刀一人、馬の口取《くちとり》二人など、三十数人を率いる武家の当主である。それが幕府が始まって百七十余年も過ぎると、あのような心得違いをする者が現れおる」

「旗本のご当主にございましたか」

「小普請江原《えばら》石見《いわみ》どのが急死なされて、所領地の分家に十五から養子に出されていた実弟の畝女《うねめ》どのが江戸に呼び戻され、江原家の当主に就くことになったそうな」

「慶賀なことではございませぬか」

「江原家では石見どのの嫁女を屋敷に残して畝女どのと夫婦《めおと》とし、幕府に届けをいたした。嫁女の実家が御書院番二千九百石の家系ゆえ、そのような無理が通ったのであろう」

玲圓は、立ち合う前から江原畝女の情報を持っていた感があった。

「江原畝女は、江戸に呼び戻されたことが不満ではあるまい。亡兄の嫁女まで譲り受けねば江原家を継ぐことができぬ自らの運命《さだめ》に嫌気がさしたか、あるいは他に理由があって心得違いをいたしたか」

玲圓は手に持っていた茶を喫した。

「千七百石をあっさりと捨て、腕に覚えのある剣術で生きる決心をしたそうな。所領地で東軍《とうぐん》流を学び、そなたが見てのとおりの腕前まで上達いたした。そのせいで逆上《のぼ》せ上がったのであろう。わが尚武館に参り、この玲圓にとくとくと口上を述べ立てておったわ」

「口上にございますか」

「江戸に数多《あまた》の剣道場あれど、門弟の数と実力において一は尚武館と考えおったそうな。なんとも有難迷惑な話よ」

玲圓は失笑した。

「道場主の佐々木玲圓と勝負をいたし、玲圓を打ち負かした暁には尚武館を門弟ごとそっくり譲り受けたし、と馬鹿げた言辞を述べ立ておったわ。呆《あき》れてものも言えぬ」

よほど不快な出来事であったのだろう、玲圓が吐き捨てた。

「そのような経緯《いきさつ》から立ち合われましたか。もはやあの者、剣に生きることはできますまい」

「いや、肩が打ち砕かれた今こそ、自らの弱点を知る真《まこと》の剣術家として生きる道が残されているやもしれぬ。じゃが、あの者の頭では、そのことに考えが至るまい。実家の都合とは申せ、直参旗本の本分を知らずして千七百石の当主になってみたものの、嫌気が差し、剣道場主を選ぶとは、なんたる浅慮、愚か者か。佐々木家が何代もかけて築き上げてきた尚武館を門弟ごと乗っ取るなどという浅はかを考えおるか、わしには分からぬ。立ち合うて分かったことは、剣術を商いと考え違いしておるあの愚かさじゃ」

「養父上、自ら立ち合われたのは他に理由がございますか」

「過日、尚武館に朝稽古見物に参られた御目付遠山《とおやま》どのが、江原家が廃絶になる仔細を告げ、江原の弟が尚武館に参るやもしれませんと耳打ちしていかれたばかりでな。そなたが、西の丸に出仕しておる最中のことだ」

「それで江原家の事情をご存じでしたか」

「まさか、そのような馬鹿げたことはあるまいと思うていたが、ほんとうに姿を見せおった。世が進むとあのような者が出てくるものかのう。まあ、そなたの手を煩わせることもあるまいと思うてな」

玲圓の舌鋒《ぜっぽう》がようやく普段の穏やかさを取り戻した。

離れ屋から歓声が上がり、おこんが母屋に姿を見せた。

「おや、養父上、珍しく磐音様と二人だけで茶を喫し、しみじみとお話をなされておられますね」

「離れ屋は賑やかよのう」

「三味線造りの鶴吉さんとおこねさんが、初めてのお子を見せに来られたのです。それで三味線のお師匠様文字きよ様にも残っていただき、お祝いをすることになりました。養父上、離れ屋においでになりませんか。聖吉さんの誕生祝いゆえ、ご酒も用意してございます」

「昼酒も時によいか」

おこんの誘いに乗って玲圓と磐音が離れ屋に顔を出すと、すでに縁側には門弟の田丸輝信らが顔を揃えて、

「大先生、若先生、われらも鶴吉どのの後継誕生の祝いの相伴《しょうばん》に与ることになりました」

と五目鮓の皿を抱えていた。頷き返した玲圓が、

「どれ、鶴吉、そなたの子をこの玲圓に抱かせてくれぬか」

と聖吉を抱き上げて、

「聖吉と申すか。よいな、父母の言うことを聞き分け、世の中の理《ことわり》を決して踏み外すような子に育ってはならぬぞ」

と赤子に言い聞かせると、両腕に抱いて座敷を歩き回った。

「おまえ様、なんとも見事な好々爺《こうこうや》にございますよ」

「おえい、申すな。われら、とっくの昔から爺《じじ》と婆《ばば》よ」

玲圓には未だ、江原畝女の心得違いの生き方が与えた不快感が残っているのか、生まれたばかりの聖吉の耳元に何事か囁きかけていた。

おこんは養父の物珍しい行動を見ながら、

(磐音様と私の間に子が生まれれば)

とふと考えた。

その夜のことだ。

尚武館の離れ屋でおこんが磐音に呟いた。

「養父上も養母上も口には出されませんが、一日も早く孫の顔が見たいのでしょうね」

「おこん、常々申すが、これぱかりは天の授かりものだ。時が満ちるように、その時が来るのを待つしかあるまい」

「俗世間で申します。仲のよい夫婦には、たれぞが妬んで子を生《な》させぬようにするとか」

「おこん、そのように馬鹿げたことがあろうか」

「ありませんか」

「ない」

と磐音の返答はきっぱりとしていた。

離れ屋にじりじりと、有明行灯《ありあけあんどん》の灯心が燃える音だけが響いていた。

「火の用心、さっしゃりましょう」

風に乗ったか、町屋を廻る夜廻りの声と拍子木の音が、神保小路の武家地まで伝わり流れてきた。

「辰平さんと利次郎さんにそれぞれ、文を書かれたようですね」

おこんは話柄を変えた。

聖吉の祝いが果て、鶴吉、おこね夫婦や文字きよが尚武館から帰ったあと、磐音は書状を認《したた》めていた。

おこんはそれを、土佐高知に到着したであろう重富利次郎と、筑前福岡入りしたはずの松平辰平に宛てた書状で、双方に互いの居場所を知らせるものだろうと推測していた。

「書くには書いた。明日にも飛脚屋に願おうと思うておる。年の内に着くとよいが、まず無理であろうな」

さてそれは、と寝床の中で首を傾げたおこんが、

「辰平さんか利次郎さんのどちらかが相手の滞在先を訪ねて、旅の空の下で顔を合わせる光景が見られましょうか」

「あるやもしれぬと思うてな、文を書いてみた」

「きっと高知城下か福岡城下で顔合わせが叶いますよ」

「そうであればよいな」

しばし沈黙が続いた。

「磐音様、お休みでございますか」

磐音から返事はなかった。おこんが両眼を閉じようとしたとき、おこんの手が優しく握られた。

「おこん」

おこんは布団の下で磐音の手を両手に包み込んだ。その手は長いこと布団の外にあったためか、冷えていた。

「冷えきっておりますす」

「迷うておったでな」

「なにを迷われたのですか」

「われら、子を生すべきかどうか」

「難しいことは私には分かりません。ただ」

「ただ、なんじゃ。おこん」

「磐音様のお子が欲しゅうございます」

磐音がおこんの夜具に滑り込む。互いの体の温もりを感じ合う、二人だけの冬の一夜が始まった。

この日の昼下がり、磐音はおこんを伴い、深川六間堀に金兵衛を訪ねることにした。師走の挨拶である。

磐音の手には大徳利に灘《なだ》の下り酒が下げられ、おこんの腕には豊後関前藩の御雇船が運んできた乾物や椎茸などを包んだ風呂敷包みがあった。

今津屋の店頭を横目に両国西広小路の雑踏を抜け、橋にかかった。

もうあと半月もすれば正月だ。両国橋の上もなんとなく師走の気忙《きぜわ》しさがあった。

「おこん」

と雑踏の中で磐音の足が止まり、

「どうなされました」

「いつも思うことがある。それがしにとって一番江戸らしいと思う場所はこの橋の上だ。おこん、なぜであろうな」

「きっとこの川の流れが、海を通して豊後関前へと繋がっているからでございましょう」

「それならば、江戸のどこの地であれ、空や水を通して豊後関前と結ばれておるぞ。両国橋は人や物を往来させるばかりではない。喜びや悲しみを心に秘めた人々を出会いもさせ、別れもさせる橋だからであろうか」

と磐音が答えたとき、

「佐々木さん、おこんさん、この忙しい師走に、二人してなにをのんびりと物思いに耽《ふけ》っておられますか」

と品川柳次郎が背に大荷物を負い、椎葉《しいば》有《ゆう》が従って二人の前に立った。

「あら、品川様、お有様、私たち、どてらの金兵衛さんを訪ねていくところです。磐音様が突然、それがしにとって一番江戸らしいと思う場所はこの橋の上だ、などと言い出されたものですから、足を止めておりました。おかしな磐音様だと思われませんか」

「佐々木さんの気持ちがよく分かるな」

「あら、どういうことですか」

「生まれも育ちも違うお二人が逢瀬《おうせ》を重ねられて、互いを好きになり夫婦になった橋だからですよ」

「あら、そんなこと考えもしなかった」

「私たちにとってもこの両国橋は、大川の両岸、本所の割下水と平川町の椎葉家を結ぶ大事な橋です」

柳次郎が衒《てら》いもなく言い切り、お有が頷いた。

「そうだわ。品川様とお有様は両国橋で再会なさったのでしたね」

「はい。私が八幡《やわた》家に後添いに行くと報告しますと、柳次郎様がなんとも哀しげな顔をなさいました」

「品川様もお有様も、気持ちが素直なお方同士です。きっとお似合いの夫婦になられます」

「われら、佐々木さんとおこんさんを見習うたのです。自分の心に嘘はつくまいと」

思い付いたようにおこんが突然話題を転じた。

「そうだ、竹村様はどうしておられるかしら」

「おこんさん、それです。過日の佃島の一件があるものですから、勢津どのが腰帯に大きな鈴を付けられて、いつでも居場所が知れるように見張っておられます」

「腰帯に鈴をつけて、なんぞ効果があるのかしら」

「最前までうちの縁側でその鈴をじゃらじゃら鳴らし、いよいよ猫並みの扱いだとさんざぼやいて、いつものように母上に、武左衛門どの、自業自得が分からぬかと怒鳴られていました」

と柳次郎が笑い、お有が言い足した。

「腰に紐《ひも》が付けられたわけではありませんから、行こうと思えばどこにでも行けます。鈴の音を聞いたら奉公の身を思い出すようにと、勢津様が戒めの思いを込めて付けられた鈴だそうです」

「ちょっと笑えていいお話ですけど、早苗さんにはとても話せないわ。内緒にしておきます」

おこんが困惑の体《てい》で呟いた。

「これから羽子板の納品に浅草新鳥越まで行ってきます」

と答える柳次郎に、

「お二方、帰りに宮戸川にお寄りになりませんか。われら、舅《しゅうと》どのを宮戸川に招くつもりです」

「佐々木さん、お気持ちだけ頂戴します。師走のことです、どうせ問屋に行けばもうひと働きせよと内職を押し付けられるに決まっています」

と答えた柳次郎、お有と別れた磐音とおこんは、両国橋を渡り、両国東広小路から竪《たて》川を一ッ目之橋で越えると、大川の左岸を新大橋へと下った。

六間堀に出なかったのは、金兵衛を誘い、宮戸川に立ち寄ることを考えていたからだ。

御船蔵から灰会所《はいかいしょ》の辺りにきたとき、磐音はどこからともなく全身を針の先で突くように見張られていると感じた。

だが、白昼のことだ。天下の往来で日中襲いくる者もおるまい、あるいは気の疲れかと打ち捨てておくことにした。

御籾蔵《おもみぐら》の塀に沿って、深川六間堀金兵衛長屋の路地の入口に辿りついた。するといきなり、

「これこれ、鰯《いわし》の頭数が一匹足らぬことくらいで、大の大人が罵り合うものではないぞ」

「うるさい、どてらの金兵衛」

水飴《みずあめ》売りの五作《ごさく》が叫び返す声がした。

「なんだと、五作。そなたがいくつ店賃《たなちん》を溜《た》めているか、思い出させてやろうか」

「鰯と店賃、なんの関わりがある」

「大家は親も同然、店子は子も同然。親の言うことを聞くのが子の務めだ」

と怒鳴り返す声が響いてきた。

「あれあれ、お父っつぁんがまた胴間声《どうまごえ》を張り上げているわ。磐音様、棒手振りの魚屋さんから鰯を買い求めた様子よ。この分だと宮戸川の鰻どころではなさそうね」

二人が木戸口に立つと、長屋の面々が井戸端に全員顔を揃えていた。

「お父っつぁん、金兵衛長屋が鰯を買ったって、六間堀じゅうに知らせるつもりなの」

「おこんか。だってよ、鰯の数で大人が揉めるのは恥ずかしいだろう。人の道理を私がとくとくと説いて聞かせているんだが、たれも聞く耳を持ちやしないんだ」

金兵衛のどてらの腕には竹籠がしっかりと抱えられて、銀色に光る鰯の魚体が何尾も光り輝いていた。

「なに言ってんだい。大家さんが最初に大きな鰯を選ぶからいけないんだよ」

と女衆《おんなし》から反撃を食らった金兵衛が、

「そりゃ、大家は親も同然。最初に鰯くらい選んだっていいだろ」

と言い返したが、なんとなく最前の勢いは感じられなかった。

「分かった」

とおこんが叫び、

「どう、今日の夕餉は皆で一緒に、鰯を焼いてお酒を飲まない。偶には金兵衛長屋で年忘れの宴《うたげ》をするのも悪くないわ。そしたら、どの家が鰯一匹多いだの、少ないだのと言いっこなしよ」

「酒はどうする」

と金兵衛がそのことを案じた。

「ここに二升の下り酒がございます」

磐音が下げてきた大徳利を持ち上げてみせた。

「豊後関前の椎茸も昆布もあるわ。揚げ豆腐や蒟蒻《こんにゃく》と一緒に煮付けにするというのはどう」

「よし、決まった」

と金兵衛が竹籠を腕から下ろし、

「全員、家から七輪を持ってきな。まずは火を熾《おこ》すぜ」

と采配《さいはい》を振るい始めた。

四

磐音とおこんがべろべろに酔った金兵衛を床に寝かせつけた後、後片付けをする長屋の住人の見送りを受けて六間堀の河岸道に出たのは、五つ（午後八時）の頃合いだった。

陽が落ちるまで風もなく暖かい日和が、日没とともに風が出て、寒さが募ってきた。そして、河岸道に二人が出たとき、筑波颪《つくばおろし》か木枯らしが、本所方面から六間堀に漣《さざなみ》を立てて吹き込んできた。

「おこん、寒くはないか」

「ご酒を頂戴したので寒くはございません」

久しぶりに金兵衛長屋に磐音とおこんが戻ってきたというので、五作の女房おたねらが興奮して、

「やっぱりさ、おこんちゃんは武家屋敷に収まるタマじゃないよ。なんたって六間堀で産湯を使った娘だしさ、浪人さんは長屋に住み着いてた仲間だものね。や

っぱり二人の実家は金兵衛長屋だよね」

と酒に酔った口で何度も繰り返した。

「気に入らねえのはよ、おこんちゃんの親父がどてらの金兵衛ということなんだ。昨日もよ、ふらりとうちに入ってきて、だいぶ店賃が溜まってますよなんて分かり切ったことをぬかしやがる。お互い長い付き合いだぜ、時に店賃なんて溜めたっていいじゃないか」

と左官の常次《つねじ》が言い出し、住人全員が、

「そうだそうだ、分からずや」

と声を揃えた。

「なにを言ってんだい。雨風を凌《しの》ぐ家賃を月々晦日《みそか》に納めるのは子の務めですよ。米櫃《こめびつ》に米がなくともまず家賃です」

「おこんちゃん、おまえさんのお父っつぁんはだんだん頑固になるよ。神保小路の道場の店賃はどうなってんだい」

おたねが尚武館の家賃まで心配してくれた。

「尚武館はその昔、公方《くぼう》様から佐々木家のご先祖様が拝領した屋敷なの。だから家賃はないのよ」

「大家が将軍様じゃあ、店賃の催促はないやね」

五作の言葉に納得した住人が頷き、

「私が言いたかったのは家賃の話じゃないよ。この二人の実家は六間堀の金兵衛長屋だってこと」

「おたね、その金兵衛って名が気に入らねえ」

とまた堂々巡りに話が落ちようとしたところで、磐音とおこんは宴の席から腰を上げたのだ。

北之橋詰付近に、屋根船やら猪牙舟《ちょき》が何艘《そう》も集まって見えた。むろん、「深川鰻処《うなぎどころ》宮戸川」に蒲焼《かばやき》を食しに来た客を待つ船だ。

「宮戸川は千客万来の繁盛の様子じゃな。鉄五郎《てつごろう》親方に挨拶をしていこうか」

二人が北之橋を渡ると、ぷーんと鰻の焼ける香ばしい匂いがしてきて、ばたばたと渋団扇《しぶうちわ》で扇《あお》ぐ音も響いてきた。

磐音にとっては何年も聞きなれた鉄五郎の冴《さ》えた音だ。

「おや、こんな刻限に浪人さんとおこんさんが見えたぞ」

縄暖簾の向こうから、一回り大きくなった幸吉《こうきち》が飛び出してきた。

鉄五郎が渋団扇を止めて、

「幸吉、いつまで浪人さんなんて呼んでんだ。佐々木磐音様におこん様だ」

と注意したが幸吉は、

「佐々木磐音だなんておかしいよね。おれにとって、浪人さんはいつまでも浪人さんなんだけどな」

とちょっぴりつまらなそうな口調で言った。

「幸吉さん、繁盛の様子ね」

「最前までそうでもなかったんですよ。陽が落ちたら寒くなったせいか、急にお客様がおいでになってさ、一旦火を落としかけた親方が大慌てで焼きに入ったところです」

と少し大人になった口調で幸吉が答えた。

「佐々木様、おこんさん、里帰りですかえ」

鉄五郎が仕事の手を休めて訊いた。

「師走の挨拶に参ったのです。舅どのを誘い、こちらにと思っていたのだが、長屋の方々と鰯で酒を飲むことになりました」

「それはなによりな親孝行でしたよ」

鉄五郎が言ったとき、屋根船が新たに客を運んできた。

六間堀から宮戸川の石段に舳先を巧みに付け、魚河岸の衆か、二人連れが待ち切れぬ体で飛び降りて、

「船頭さん、待たなくていいよ」

と言い残すと、

「親方、遅くなった。先に来た連中、もう酔っぱらってんじゃねえだろうな」

と鉄火な口調で言いながら宮戸川に入っていった。

「若先生、おこんさん」

屋根船の船尾から声がかかった。

二人とは馴染みの船宿川清の船頭の小吉《こきち》だ。

「川清の船とは思うていたが、小吉どのでしたか」

「お帰りですかえ。お送りしますぜ。お耳に入ったでしょうが、お客は連れがおられましてね、帰りは空船です」

「屋根船をわれら二人で使うのは贅沢《ぜいたく》の極みじゃが、寒さが募ってきた。おこんに風邪でも引かせるといかぬ、願おう」

そんな会話を聞いていた鉄五郎が幸吉を呼んで、なにか言い付けた。

「親方、春先にも養父養母を案内して参る」

と磐音が言い、おこんがかたわらから、

「親方、今宵はこれにて失礼します」

と挨拶して小吉船頭の屋根船に乗り込んだ。すると火鉢が二つもあり、屋根の下には温もりがあった。

「大川を暖かな屋根船で渡るとは、その昔六間堀の裏長屋の住人だったそれがしには不相応じゃな」

と磐音は自らに言い訳しながら、火鉢を挟んでおこんと向かい合った。

「おこんさん」

幸吉の声がしたと思うと、屋根船の障子戸が開かれて、ぷーんと香ばしい蒲焼の匂いが漂った。幸吉が突き出したのは風呂敷包みだ。

「親方が尚武館の大先生とお内儀様にだって」

思いがけない土産におこんが、

「幸吉さん、くれぐれも親方にお礼を言っといて」

「あいよ」

と頷いた幸吉がおこんの顔をしげしげと見詰めて、

「おこんさん、幸せそうだね。顔に表れているよ」

と真面目《まじめ》な表情で言ったものだ。

「まあ、そんな」

幸吉の思わぬ言葉におこんが顔を赤らめて、

「大人をからかうものじゃないわ」

「ううん、おこんさんの顔に幸せって書いてあらあ。私、浪人さんにべた惚れってね」

障子戸の間から突き出されていた幸吉の顔がすうっと消え、屋根船がするすると後退して六間堀に戻り、舳先を竪川に向け直した。

「小吉どの、助かった」

磐音は竿が櫓に替わったところで、改めて小吉に礼を述べた。

「大川を木枯らしが吹き抜けておりますよ。吹きっ晒《さら》しの両国橋を渡るのは酷ですぜ」

小吉が応えて、ゆったりと漕ぐ櫓の音が二人の耳に聞こえてきた。

六間堀から竪川へ静かに進んでいた屋根船が大川に出た途端、川波を食らって揺れ、おこんが、

「あれっ」

と小さな叫び声を上げ、磐音が抱き止めた。

さすがは小吉だ。すぐに屋根船を立て直し、師走の大川を両国橋に向かって斜めに切り上がり始めた。

ぴゅっ
という筑波颪の風音の間から、舳先にあたる波が、
ちゃぷんちゃぷん
と響いた。

「来年の今頃、私たちどうしているかしら」

おこんが不意に言い出した。

「どうしているとはどういうことか、おこん」

「身内が一人増えているかなと思ったのです」

「そんな気配があるのか」

磐音が身を乗り出した。

「磐音様がいつも言っておられますよね、天の授かりものだって」

「いかにもさよう。だが、女ならば、新しい命が宿ったことに気付かぬものか」

「もしそんな気がいたしましたら、磐音様にすぐにお知らせします」

「うーむ」

と答えた磐音が、

「親子三人か。いや、養父上養母上がおられるで五人所帯か。われらに一人赤子が増える、考えてみれば不思議な気分じゃな」

と呟いたものだ。

小吉は神田川を遡《さかのぼ》り、いつものように筋違橋御門の船着場に二人を下ろしてくれた。

おこんは船を下りる前に、懐紙に一分金を包んで座布団の下にそっと入れた。小吉が船賃を受け取らないことを承知していたためお礼の気持ちだった。

「佐々木様、おこん様、お休みなさい」

「小吉どの、助かった。礼を申す」

と互いに言葉を掛け合って小吉の屋根船を見送り、この界隈の人に八辻原《やつじがはら》と呼ばれる筋違橋御門前の広場に上がった。すると、
ぴゅっ
と土埃《つちぼこり》交じりの筑波颪が吹き抜けていった。

磐音は鉄五郎親方の持たせてくれた蒲焼の包みを下げ、もう一方の手でおこんの手を引いて、急ぎ足で武家地の間の道へと入っていった。

「いや、これは両国橋を歩いて渡ったのでは難渋しておったぞ」

「小吉さんは救いの神様でしたね」

と言い合いながら、二人は通い馴れた武家地を西へと進んだ。

この武家地の一本南側には鎌倉河岸までの間に町屋が広がり、そちらから夜廻りの声が響いていたが、武家地には人の往来も絶えていた。

駿河台富士見坂を右手に見ながら、二人は神保小路と表猿楽町への分岐の三叉《みつまた》に出た。

右手に常陸土浦《ひたちつちうら》藩土屋家の、左手には信濃高遠《しなのたかとお》藩内藤家の上屋敷があり、正面に旗本古賀家の拝領屋敷があった。

磐音は神保小路の道に入りかけて足を止めた。

おこんが、

「どうなされました」

と表猿楽町の方向を見詰める磐音の顔を見た。

「おこん、速水左近様のお屋敷辺りに妖気が漂っておらぬか」

と戌《いぬ》の方角の夜空を指し示した。

武家地を木枯らしが吹き抜けていた。だが、ちょうど御側御用取次の速水左近邸の真上だけは、気の流れがどんよりと澱《よど》んで停滞しているように思えた。

「確かにおかしゅうございます。養父上のお屋敷に異変が生じたのでございましょうか」

「様子を見て参ろう」

「はい」

おこんが即答し、二人は表猿楽町の道を上がっていった。

一歩進むごとに、気の流れはねっとりと二人の身に纏《まと》わりつくようで、速水邸の真上を妖しげな黒雲がすっぽりと覆っていることが分かった。

月もなく星の光も見えなかった。だが、なんとも不思議な蒼《あお》い光がぼんやりと落ちていた。

「おかしいわ」

おこんが呟いた。

よく承知の表猿楽町の通りが、無限にも真っ直ぐに地平線の彼方まで延びていた。そして左右の武家地は枯れ芒《すすき》の原に代わった。

荒廃した表猿楽町に残されているのは速水邸だけだ。

「おこん、包みを持ってくれぬか」

鉄五郎親方の厚意の蒲焼の包みをおこんに渡した。

この夜、磐音の腰には遣い馴れた備前包平があった。

二人はぼんやりとした明かりの中、無限世界に延びる通りを進んだ。

行く手にぼおっとした光が灯った。

提灯の灯りに盲目の剣客丸目喜左衛門高継が、孫娘の歌女の差し出す竹杖に縋って立っていた。

「丸目高継様、速水左近様にも危害を加えんとする所存か」

遠い地の果てに立つ丸目高継の顔が澱んだ夜空を斜めに見上げ、

「またしてもおぬしか」

と吐き捨てた。

「それがし、幼少の砌《みぎり》、そなたの武名を幾たび聞かされしものか。肥後人吉街道加久藤峠での武芸者八人斬りの功名話、今も諳《そら》んじており申す。確か武芸者八人の頭は、富田《とだ》勢源《せいげん》直系の早乙女《さおとめ》治部左衛門《じぶざえもん》どのでしたな」

「加久藤峠の戦いを覚えておる者が江戸にいたとはのう」

「改めてお尋ねいたす。そなた様は、加久藤峠の丸目喜左衛門高継様と同じ人物にござるか」

「訝しいか」

「加久藤峠の丸目様ならば、すでに齢百を超えた翁にございましょう」

「人の命はあってなきが如きもの。人生五十年と考える者には無縁の世界」

「百年の歳月を生き抜かれてなにを学ばれましたな」

「賢しらなことを小童《こわっぱ》がぬかしおるわ」

「たれぞに唆《そその》かされて江戸に波風を立てんと企てておられるならば、その行為許し難し」

「斬ると申すか」

「成敗いたす」

　この夜の磐音は、

「春先の縁側で日向ぼっこをしている年寄り猫」

と呼ばれる居眠り剣法を自ら捨て、包平の鯉口を切っていた。

　丸目高継は孫娘が引く竹杖を手放すと腰の一剣を抜き、右手一本に、体の前に垂らした。そして、見えていない目で間合いを測るように磐音を見た。

花笠を被った歌女が枯れ芒の原に寄って控えた。その手に竹杖だけが保持されていた。

丸目高継と磐音の間にはなんとも広大な空間が横たわっていた。

その中間に速水邸の門があった。

だが、その無限の間合いは、意志をもって二人が踏み出せば、一瞬の裡《うち》に縮まる距離だった。

「参る」

磐音が包平を右手に流して走り出した。

丸目高継はゆるゆると歩み出した。だが、磐音が走るより迅速に、幾万光年の間合いを詰めてきた。

枯れ芒の原が流れて、長大とも刹那とも思える時が過ぎた。

磐音と丸目高継は速水邸の門前でぶつかった。

磐音はそのとき、包平を正眼に戻していた。

「小童、己の未熟を知れ」

丸目の見えない両眼が虚空を眺め上げて、右手一本に下げた刀に左手を添え、磐音の腰を撫で斬るように伸ばした。

ぐいっ
と切っ先が伸びてきて磐音に迫った。
ふわり
と飛び下がって丸目の迅速な剣を避けた。
磐音が初めて目にする刃の速さと伸びだった。
刹那とは、指で弾く短い時、一弾指《たんじ》の間を六十五に分けた一つを差すという。
盲目の老剣客丸目高継が繰り出す太刀風《たちかぜ》はまさに、
「刹那」
の早さで磐音に迫ってきた。
磐音は丸目高継の攻めを後退しながら避《よ》けつつ、刹那の間合いを読んでいた。
いかに刹那でも、
「時には流れがあり、間」
が生じる。
丸目の迅速の剣の秘密は、添えられた左肘《ひじ》の動きにあると磐音は見た。
だが、観察の間に、磐音はいつしか速水邸の扉を背に追い込まれていた。
「小童、もはや飛び下がる余地はないわ」

虚空を眺める閉ざされた両眼がゆるりと下りてきて、磐音をはたと睨んだ。

「死すべき時が参った」

と丸目高継が宣告すると、右手一本の剣に再び左手を添えた。切っ先は相変わらず体の斜め右前に流されたままだ。

磐音は正眼の構えのままだ。

「参る」

丸目高継が踏み込んだ。

同時に磐音も前に出た。

短い間合いの中、下段流しの剣と正眼の剣が互いの刃を求めて食い込み、火花を散らした。次の瞬間、丸目の剣が変転して躍るように磐音の喉首に迫ってきた。

喉元に切っ先を感じつつ、磐音は丸目の左肘の動きに注視して包平を差し出した。

刹那の剣と居眠り剣が交差した。

ぱあっ
と包平の大帽子《きっさき》が、丸目高継の肘を一瞬早く捉えて斬り放した。

「げええっ！」

丸目が保持する剣が虚空に流れて、横っ飛びに磐音の二撃目を逃れた。

どさり
と丸目高継の左腕が速水邸門前に転がり落ちた。

「ううっ、そなたの息の根、丸目喜左衛門高継、武芸者の意地にかけても止めてみせる」

一陣の風が吹き、磐音の目の前から丸目高継の姿が消えた。すると妖気が表猿楽町界隈からみるみる消えて、斬り残された左腕も失せ、いつもの武家屋敷の夜の佇まいが戻ってきた。

磐音は包平に血振りをくれ、家基を守護する磐音らにとって、

「強敵が生き残った」

と次なる戦いの覚悟を新たにした。

本書は『居眠り磐音　江戸双紙　冬桜ノ雀』（二〇〇九年四月　双葉文庫刊）に
著者が加筆修正した「決定版」です。

編集協力　澤島優子
地図制作　木村弥世

文春文庫

冬《ふゆ》桜《ざくら》ノ雀《すずめ》

居《い》眠《ねむ》り磐音《いわね》（二十九）決定版《けつていばん》

定価はカバーに
表示してあります

2020年5月10日　第1刷

著　者　佐《さ》伯《えき》泰《やす》英《ひで》

発行者　花田朋子

発行所　株式会社　文藝春秋

東京都千代田区紀尾井町 3-23　〒102-8008
TEL　03・3265・1211㈹
文藝春秋ホームページ　http://www.bunshun.co.jp

落丁、乱丁本は、お手数ですが小社製作部宛お送り下さい。送料小社負担でお取替致します。

印刷製本・凸版印刷

Printed in Japan
ISBN978-4-16-791493-6

酔いどれ小籐次
各シリーズ好評発売中！

新・酔いどれ小籐次

① 神隠《かみかく》し
② 願《がん》かけ
③ 桜吹雪《はなふぶき》
④ 姉《あね》と弟《おとうと》
⑤ 柳《やなぎ》に風《かぜ》
⑥ らくだ
⑦ 大晦《おおつごも》り
⑧ 夢三夜《ゆめさんや》

⑨ 船参宮《ふなさんぐう》
⑩ げんげ
⑪ 椿落《つばきお》つ
⑫ 夏《なつ》の雪《ゆき》
⑬ 鼠草紙《ねずみのそうし》
⑭ 旅仕舞《たびじまい》
⑮ 鑓騒《やりさわ》ぎ
⑯ 酒合戦《さけがっせん》

酔いどれ小籐次〈決定版〉

① 御鑓拝借《おやりはいしゃく》
② 意地《いじ》に候《そうろう》
③ 寄残花恋《のこりはなよするこい》
④ 一首千両《ひとくびせんりょう》
⑤ 孫六兼元《まごろくかねもと》
⑥ 騒乱前夜《そうらんぜんや》
⑦ 子育《こそだ》て侍《ざむらい》
⑧ 竜笛嫋々《りゅうてきじょうじょう》
⑨ 春雷道中《しゅんらいどうちゅう》
⑩ 薫風鯉幟《くんぷうこいのぼり》

⑪ 偽小籐次《にせことうじ》
⑫ 杜若艶姿《とじゃくあですがた》
⑬ 野分一過《のわきいっか》
⑭ 冬日淡々《ふゆびたんたん》
⑮ 新春歌会《しんしゅんうたかい》
⑯ 旧主再会《きゅうしゅさいかい》
⑰ 祝言日和《しゅうげんびより》
⑱ 政宗遺訓《まさむねいくん》
⑲ 状箱騒動《じょうばこそうどう》
【シリーズ完結】

小籐次青春抄

品川《しながわ》の騒《さわ》ぎ・野鍛治《のかじ》

⑲ 梅雨ノ蝶《ばいうのちょう》
⑳ 野分ノ灘《のわきのなだ》
㉑ 鯖雲ノ城《さばぐものしろ》
㉒ 荒海ノ津《あらうみのつ》
㉓ 万両ノ雪《まんりょうのゆき》
㉔ 朧夜ノ桜《ろうやのさくら》
㉕ 白桐ノ夢《しろぎりのゆめ》
㉖ 紅花ノ邨《べにばなのむら》
㉗ 石榴ノ蠅《ざくろのはえ》
㉘ 照葉ノ露《てりはのつゆ》
㉙ 冬桜ノ雀《ふゆざくらのすずめ》
㉚ 侘助ノ白《わびすけのしろ》
㉛ 更衣ノ鷹《きさらぎのたか》 上
㉜ 更衣ノ鷹《きさらぎのたか》 下
㉝ 孤愁ノ春《こしゅうのはる》
㉞ 尾張ノ夏《おわりのなつ》
㉟ 姥捨ノ郷《うばすてのさと》
㊱ 紀伊ノ変《きいのへん》
㊲ 一矢ノ秋《いっしのとき》
㊳ 東雲ノ空《しののめのそら》
㊴ 秋思ノ人《しゅうしのひと》
㊵ 春霞ノ乱《はるがすみのらん》
㊶ 散華ノ刻《さんげのとき》
㊷ 木槿ノ賦《むくげのふ》
㊸ 徒然ノ冬《つれづれのふゆ》
㊹ 湯島ノ罠《ゆしまのわな》
㊺ 空蟬ノ念《うつせみのねん》
㊻ 弓張ノ月《ゆみはりのつき》
㊼ 失意ノ方《しついのかた》
㊽ 白鶴ノ紅《はっかくのくれない》
㊾ 意次ノ妄《おきつぐのもう》
㊿ 竹屋ノ渡《たけやのわたし》
(51) 旅立ノ朝《たびだちのあした》

新・居眠り磐音

① 奈緒と磐音《なおといわね》
② 武士の賦《もののふのふ》
③ 初午祝言《はつうましゅうげん》
④ おこん春暦《おこんはるごよみ》